LES VACANCES D'UN ACCOUCHEUR

VOYAGE
AU PAYS DES NOURRICES

DIX JOURS D'AUTOMNE

DANS LE MORVAN EN 1881

PAR

M. LE D' BAILLY

PROFESSEUR AGRÉGÉ A LA FACULTÉ DE MÉDECINE DE PARIS

PARIS

TYPOGRAPHIE A. HENNUYER

7, RUE DARCET, 7

1882

LES VACANCES D'UN ACCOUCHEUR

VOYAGE
AU PAYS DES NOURRICES

DIX JOURS D'AUTOMNE

DANS LE MORVAN EN 1881

PAR

M. LE D' BAILLY

PROFESSEUR AGRÉGÉ A LA FACULTÉ DE MÉDECINE DE PARIS

PARIS

TYPOGRAPHIE A. HENNUYER

7, RUE DARCET, 7

—

1882

A M. TOMMY-MARTIN

AVOCAT A LA COUR D'APPEL DE PARIS

Il m'a initié à la vie de touriste; qu'il reçoive mes remerciements pour tout le plaisir que m'a procuré mon voyage dans son pays natal.

D^r Em. BAILLY.

DIX JOURS D'AUTOMNE

DANS LE MORVAN EN 1881

A M. LE DOCTEUR LÉSCHEVIN, A PARIS

La vallée de la Nièvre ; Clamecy ; Vézelay ; Saint-Père ; les bords du Cousin
entre Pontaubert et Avallon.

Avallon (Yonne), 9 octobre 1881.

MON CHER AMI,

L'homme propose, et... la clientèle dispose ; je n'ai jamais si bien
compris cette vérité que cette année. Vous vous le rappelez sans
doute, l'an passé j'avais formé le projet de visiter les montagnes du
Jura en 1881, et pensais consacrer à ce voyage la seconde moitié du
mois de juillet, mais, précisément à cette époque, doit avoir lieu l'ac-
couchement de Mme X... ; j'ai reçu ses deux premiers enfants, et il lui
paraissait un peu dur que je ne présidasse pas à la naissance du troisième. En outre, son mari, ingénieur au corps des mines, est un bota-
niste éminent, un savant paléontologiste, et il me coûtait aussi de
désobliger, par mon absence, un confrère en géologie (il n'admet certainement pas la réciproque, et il a raison). « Accouchons Mme X..., me
dis-je, et remettons notre voyage au mois d'août ; il se fera aussi bien
à cette époque. » Mais voilà qu'août se trouve rempli d'engagements ;
Mmes Y... et Z... doivent accoucher ce mois-là ; elles sont pour moi d'anciennes clientes, presque des amies, et je n'aurai pas la cruauté de les
abandonner à ce moment ; différons donc notre absence d'un mois, il y
a encore de beaux jours en septembre, et je ne mourrai pas pour avoir
attendu jusque-là. Septembre arrive, encore plus chargé de besogne
que le mois d'août. J'entame cette besogne, avec l'espoir qu'il s'y pro-
duira une accalmie, dont je profiterai pour m'enfuir et aller respirer
l'air du Jura ; mais, contrairement à cette espérance, mes accouchements
se succèdent avec une désolante périodicité de deux à trois jours, et
pas la moindre éclaircie ne se produit dans mon horizon. Septembre

I

est fini, nous voici en octobre, plus que quelques journées de temps passable, puis novembre lui succède avec son cortège de brouillards et de pluies, et mes vacances s'envolent. Cette pensée m'agite violemment, et je me demande avec inquiétude s'il est bien vrai que mon brave Azor et moi laisserons fuir 1881, sans avoir fait route ensemble quelque part. Cette perspective me paraît absolument insoutenable : chacun, me dis-je, s'accorde tous les ans quelques jours de repos ; le négociant, le professeur, l'employé de ministère et jusqu'au garçon de bureau dudit ministère, ont leurs vacances ; et après onze mois passés d'un travail assidu, de nuits écourtées ou tout à fait blanches, d'une vie consacrée aux autres, moi seul n'aurais pas le droit de vivre à ma guise pendant une semaine ? Non, non, mesdames, il n'en sera pas ainsi ; il est temps de faire cesser cette injustice : « L'insurrection est le plus saint des devoirs ; » je me révolte et vous laisse pour dix jours ; attendez mon retour, si vous le pouvez, et si les événements commandent, acceptez, pour me suppléer, mes sympathiques confrères M. et S., qui sont d'habiles accoucheurs et ne vous malmèneront pas comme je le fais quand la fatigue me porte sur les nerfs. M'étant, par ces beaux raisonnements, monté la tête au degré voulu pour devenir capable d'une résolution énergique, j'arrêtai irrévocablement que j'aurais encore des vacances cette année et que les sollicitations les plus pressantes resteraient sans effet sur ma décision. Ce n'est pourtant pas sans trouble que je me résolus à partir, et mon cœur saignait d'abandonner une aimable cliente, bonne et gracieuse au possible dans l'expression discrète de ses regrets, assez parfaite pour oublier mon abandon ; à cause d'elle je restai quelque temps combattu, mais à la fin mon égoïsme l'emporta.

Le principe des vacances une fois arrêté, restait à en faire l'application, et ici se présentait une difficulté tenant à la saison déjà si avancée. En effet, où voyager en octobre quand on manque du temps nécessaire à une tournée dans le Midi ? L'époque des courses en montagnes est passée, il fait froid alors sur les hauteurs ; les brumes d'automne, ces affreuses brumes, qui serrent le cœur et ferment l'horizon à une distance de dix mètres, ont pris possession de la plupart des sommets ; donc rien à faire de ce côté. Aller courir en plaines n'est guère récréatif ; d'ailleurs je les connais, les plaines, j'y suis né, j'y ai longtemps vécu, elles ont peu de chose à m'apprendre ; il me faut une nature plus sauvage, des reliefs plus accentués, les ravinements du sol, les accidents du granite, etc. Ce mot *granite*, mon cher confrère, fut pour moi un trait de lumière : « Parbleu, du granite, j'y songe, il ne faut pas aller si loin pour en trouver ; j'en verrai dans le Morvan, et du porphyre aussi ; la géologie de ce pays est belle, ses eaux sont pures, abondantes, ses montagnes assez basses pour échapper aux brouillards, enfin le moment est bien choisi pour parcourir ses grandes forêts, revêtues, à l'automne, de leur plus brillante parure ; allons dans le Morvan. Et puis, là, je ne serai pas tout à fait un étranger ; c'est le pays de mes nourrices, j'en ai tant placé depuis dix ans ! J'en rencontrerai bien quelques-unes sur mon chemin, avec qui j'aurai plaisir à renouer connaissance. » Hélas ! je ne soupçonnais pas à quel point ces rencontres seraient fréquentes et quelles conséquences terribles elles auraient pour moi ; mais n'anticipons pas sur les événements, à chaque jour suffit sa peine.

Ayant ainsi fixé le but de mon voyage, je venais hier, 8 octobre, coucher à Nevers, et ce matin, à quatre heures, me trouvais encore à la gare de cette ville, voulant profiter du premier train pour arriver de bonne heure à Clamecy et faire une journée complète. On est matinal en province, et je trouvai déjà une longue file de voyageurs au guichet. Celui qui me précédait, paysan des environs, avait à prendre un billet de trente-deux sous ; en conséquence, il dépose sur la tablette une pièce de vingt sous et deux petits sous. « Mais, réclame l'employé, ça ne fait que vingt-deux sous, il me faut encore dix sous. » Le paysan fouille longuement dans sa bourse, dépose dix nouveaux sous, et re-prend les deux premiers. « Ça ne fait encore que trente sous, rendez-moi les deux autres. » Le paysan remet les deux sous et retire la pièce d'un franc. « Ah ça, est-ce que vous vous f... de moi ? Rendez-moi mon billet, si vous ne voulez pas le payer. » Enfin, après cinq minutes de pièces alternativement données, puis retirées, d'impatiences de l'employé, d'airs bêtes et ahuris du paysan, on parvient à s'entendre, et je puis, à mon tour, prendre mon billet. « Votre voyageur s'embrouille légèrement dans ses calculs, dis-je à l'employé. — Ah, le coquin, ré-pondit-il, il n'est pas si bête qu'il en a l'air, il sait bien ce qu'il fait ; il espère, par des lenteurs calculées et les distractions qu'il nous donne, retenir quelque chose sur le prix de sa place, mais nous connaissons le truc et savons le déjouer. » Si insignifiant que vous paraisse ce petit fait, mon cher confrère, l'histoire, pourtant, se charge de l'éclairer dans sa cause première. Elle nous apprend qu'aux dixième et onzième siècles, les Normands s'abattirent sur nos côtes et même pénétrèrent jusqu'au cœur du pays en remontant le cours de nos fleuves. Ces hardis envahisseurs auront sans doute laissé une colonie dans le Nivernais, et mon compagnon de voyage de ce matin est sûrement un de leurs descendants.

Le train se mit en marche au milieu des ténèbres, mais, vers cinq heures et demie, l'aube commençait à éclairer la campagne. La voie ferrée remonte la vallée de la Nièvre, et je trouvai de chaque côté un pays accidenté et riche. La rivière coule entre de hautes collines calcaires, boisées au sommet, bien cultivées sur les pentes, au pied desquelles s'étendent des prairies clôturées, couvertes de troupeaux de ces grands bœufs blancs charolais-nivernais, une de nos meilleures races de travail et de boucherie.

Au bout de deux heures nous avions atteint les plateaux qui séparent les deux bassins de la Loire et de la Seine. Dans ce dernier la contrée est également très fertile et très riche, mais moins vallonnée et moins agréable que dans l'autre. Du côté de la Seine, le froid très vif du commencement d'octobre a gelé la feuille des vignes, des frênes et des noyers, et la campagne est déjà dépouillée ; du côté de la Loire, au contraire, les vignobles et les arbres, abrités par la ligne de faîte interposée aux deux bassins, sont encore assez verts.

A huit heures je descendais à Clamecy, siège d'une des sous-préfectures du département de la Nièvre. La ville est sale et fort triste, mais on y voit deux choses intéressantes : la vieille église, pourvue d'une tour carrée très haute et très richement sculptée, ainsi que le portail, malheureusement fort dégradé aujourd'hui ; puis la vallée de l'Yonne. Naturellement, c'est la rivière que j'allai voir d'abord. Je trouvai son lit, sur une longueur de deux à trois kilomètres, partagé au moyen d'écluses en une série de bassins, où les eaux sont mises en réserve pour les besoins de la navigation ; c'est là ce qu'on nomme les *éclusées* de l'Yonne, destinées à renforcer le tirant d'eau pendant la saison sèche.

Sur les deux rives de l'Yonne, au-dessous des éclusées, sont empilées des quantités énormes de bois de moule amenées jusqu'à Clamecy par le procédé du flottage, dont j'aurai l'occasion de vous parler ces jours-ci, et, de là, dirigées en wagons sur Paris. Il y a une trentaine d'années, tous ces bois nous arrivaient par eau ; au moyen de perches et de tonneaux vides formant flotteurs, on en composait de longs radeaux ou *trains*, qui, par l'Yonne et la Seine, descendaient jusqu'à Paris. Que de fois, de la petite chambre que j'occupais alors au cinquième étage, sur le quai de la Mégisserie, j'ai assisté au périlleux passage des trains sous le pont Notre-Dame, le pont au Change et le

Pont-Neuf, passage d'autant plus dangereux qu'à cette époque le second de ces ponts, très rapproché du premier, n'avait que de très petites arches et que l'absence de barrages sur la Seine laissait au courant une extrême rapidité dans cet endroit! Aussi de combien d'accidents, de faits émouvants, de catastrophes, n'ai-je pas été témoin pendant mon séjour sur le quai : trains brisés sur les piles des ponts, dispersion des bûches, mariniers jetés à l'eau, barrage du fleuve par des radeaux donnant par le travers sur le Pont-Neuf, etc.! Il y avait en face de moi une usine flottante pour le broyage des couleurs, qui avait particulièrement à souffrir du passage des trains; ses trois roues étaient rarement au complet, et tantôt l'une tantôt l'autre manquait entièrement ou se trouvait arrêtée, un train de bois en ayant enlevé la moitié. Depuis l'ouverture du chemin de fer d'Auxerre, Clamecy a cessé d'expédier des trains de bois de chauffage, mais il s'en fait encore quelques-uns à Vermenton, et c'est de là que vient le petit nombre de ceux qu'on aperçoit de loin en loin à Paris.

Clamecy exerce une autre industrie dont il est en possession depuis bien longtemps, la construction des grands bateaux plats ou chalands, pour la navigation sur canaux et rivières. J'en vis plusieurs sur chantier et pus me rendre compte du soin et de la précision que ces constructeurs apportent dans leur travail.

En suivant les bords de l'Yonne je passai auprès d'un brave homme occupé à extraire du lit de la rivière du sable et des pierres pour les constructions du pays. Comme bien vous pensez, je m'empressai de vérifier la nature minéralogique de ces pierres, dont la plupart sont des granites et des porphyres du Haut-Morvan, que l'Yonne a charriés jusque-là. Si mon seul but, en venant dans le pays, avait été de recueillir des spécimens de ces deux roches, j'étais dispensé d'aller plus loin et pouvais faire là ma provision ; mais, d'une part, il est plus intéressant de prendre ses échantillons sur place, ils sont plus frais et l'on en connaît exactement la provenance ; et, d'autre part, la géologie n'est qu'un des intérêts de mon voyage ; j'ai encore à voir le pays, exercer mes jambes, promener Azor, maigrir un peu, etc. ; en conséquence, à neuf heures, muni d'un copieux café au lait, je partais en voiture pour Vézelay, dont il m'était impossible de ne pas aller voir le site et la très remarquable église.

En quittant Clamecy, la route de Vézelay côtoie d'abord la vallée de l'Yonne, encaissée, sur ses deux rives, par de hautes falaises d'un calcaire dur qu'on exploite pour l'extraction de pierres de taille d'une excellente qualité. J'allai, au village d'Armes, visiter une des carrières et prendre un échantillon de cette roche, calcaire oolithique un peu spathique, très brillant et rappelant les pierres de Lorraine, d'Euville et de Lérouville, très employées à Paris dans la construction des monuments et des maisons de luxe. Le voisinage de l'Yonne et du canal du Nivernais en permet le transport à bas prix dans les villes de la Bourgogne et jusqu'à Paris. Le paysage est, du reste, fort agréable auprès d'Armes, car, outre la rivière et le canal, on voit de beaux bois couronnant les hauteurs voisines.

A Dornecy, la route d'Avallon quitte la vallée de l'Yonne pour remonter celle de l'Armance et s'élève bientôt, par une longue rampe, sur un grand plateau boisé étendu vers l'est jusqu'aux portes de Vézelay. Je n'étais pas à quatre kilomètres de Clamecy, que j'avais déjà fait arrêter trois fois ma voiture pour examiner de près les pierres et les roches de la route. Ces temps d'arrêt n'étaient pas du goût de mon cocher, qui finit par me déclarer qu'il n'entendait pas prolonger de la sorte un voyage déjà suffisamment long sans cela, et qu'ayant douze lieues à faire dans sa journée, il tenait à rentrer à Clamecy avant la nuit. Je lui déclarai à mon tour que je n'avais pas d'ordres à recevoir de lui, que son patron n'avait pas limité la durée de mon voyage et qu'en conséquence je m'arrêterais aussi souvent qu'il me plairait ; qu'au demeurant, comprenant l'ennui que ces retards devaient lui causer, je lui promettais cinquante centimes pour chaque pause que j'aurais à lui faire faire. Ce dernier argument fit tomber comme par enchantement sa mauvaise humeur ; le drôle, dès ce moment, parut prendre un vif intérêt à la géologie, trouva mille raisons pour multiplier les temps d'arrêt et fit si bien, qu'en arrivant à Vézelay son pourboire se montait à cinq francs cinquante centimes.

A midi nous étions en face de cette ville, très fièrement assise au sommet d'un mamelon que couronne la magnifique basilique de la Madeleine. Il y a, mon cher ami, quelque chose de très saisissant dans ce premier aspect de Vézelay, dont la position élevée, les fiers remparts, le monument superbe, composent un tableau plein de grandeur et de majesté. Je comprends maintenant que le nom de cette localité se présente de suite aux lèvres comme une des choses les plus remarquables de notre Bourgogne, et que sa visite soit tout particulièrement recommandée au voyageur qui s'apprête à partir pour cette province. Il ne nous fallut pas moins d'une demi-heure pour gravir la longue rampe qui y conduit, et pendant qu'on apprêtait mon déjeuner, je m'en allai faire un tour dans la ville. J'avais annoncé une sortie d'une demi-heure; cependant au bout d'une heure je n'étais pas rentré ; c'est que, si peu archéologue que le ciel m'ait fait, j'étais ici forcé de sortir de mon indifférence à l'endroit des choses humaines : l'église de Vézelay, ce qui reste de son abbaye, de son enceinte, commande l'attention et force l'admiration de l'homme le plus étranger au culte des monuments historiques. Ces vestiges font naître le sentiment d'une grandeur à laquelle nous ne sommes plus habitués aujourd'hui; Versailles, seul, dans les temps modernes, peut donner une idée de ce qu'était Vézelay au temps de sa splendeur. Quels hommes que ces architectes d'une forteresse si puissante et si belle, ces fondateurs d'un monastère dont la chapelle atteignait les proportions d'une cathédrale !

Aujourd'hui encore, comme au temps de sa fondation, Vézelay est renfermé dans l'enceinte de ses remparts. Ceux-ci sont assez bien conservés, sauf dans la partie basse de la ville, par où l'on peut entrer sans avoir à franchir une des portes. Ces murs dessinent une ellipse allongée de l'est à l'ouest, dans laquelle les maisons s'élèvent en amphithéâtre jus-qu'au pied du sanctuaire, point culminant de la montagne. Des vigno-bles couvrent de tous côtés les pentes du mamelon et montent jus-qu'aux remparts ; un boulevard ombragé de vieux ormes règne à l'entour de ceux-ci, au nord et à l'ouest. En suivant ce boulevard on rencontre plusieurs tours et une porte ornée de sculptures élégantes, dénotant, chez les fondateurs de Vézelay, un goût et une préoccupa-tion artistique qu'on rencontre rarement dans les forteresses de cette époque. La ville renferme d'anciennes églises et quelques maisons remarquables, cependant l'intérêt du voyageur se concentre surtout sur les remparts, sur les bâtiments de l'abbaye et par-dessus tout sur l'église de la Madeleine, seul reste intact de l'ancien monastère. C'est un des monuments religieux les mieux conservés et les plus beaux de la France centrale. Sa longueur totale est de cent vingt mètres, pres-que celle de Notre-Dame de Paris. Elle accuse deux époques bien dis-tinctes ; la nef est romane, le chœur et l'abside sont d'architecture ogi-vale et plus élevés que le reste du monument. Cette dernière partie, seule, est affectée au culte aujourd'hui, car pour remplir un vaisseau de cette dimension, il faudrait une population de cent cinquante mille âmes, et Vézelay n'en compte que douze cents. Attenants au flanc sud de l'église, sont les restes du palais abbatial, dont la richesse et l'ampleur frappent tout de suite les yeux, et derrière ces bâtiments, entourant de tous côtés le chevet de l'église, on arrive à un terre-plein planté de tilleuls et de marronniers séculaires, vestiges des jardins du couvent. Cette terrasse s'appuie sur les remparts, hauts d'une trentaine de mètres sur ce point, et domine de deux à trois cents mètres la vallée de la Cure, qui coule au pied du mamelon. Aussi, de cette terrasse, a-t-on sous les yeux un magnifique panorama, étendu surtout vers le nord dans la direction de Sermizelles, dont les montagnes se profilent à l'horizon, et vers le sud-est, où l'on voit fuir à perte de vue la bordure occidentale du Morvan. Cette situation élevée de la cathédrale de Vézelay fait que, réciproquement, on l'aperçoit de très loin dans les deux directions que je viens d'indiquer. Je l'ai vue très distinctement des montagnes du Morvan, à cinquante kilomètres de distance, et on la voit également des hauteurs d'Arcy-sur-Cure, à une distance encore plus grande ; vers l'ouest, au contraire, la vue est arrêtée par des montagnes assez rapprochées. J'aurais pu étendre mon horizon et arriver peut-être à dominer ces hauteurs en montant sur une des tours de l'église, hautes de près de quarante mètres, mais l'air était brumeux, ce soir, et j'ai craint de me fatiguer inutilement. Du reste, le paysage si vaste qu'on embrasse du regard, sur la terrasse, suffisait amplement à mon ambition, et, je vous l'affirme, je ne l'avais pas rêvé tel. Je rentrai donc à l'hôtel, très satisfait de ma promenade et convaincu que Vézelay, a été, dans le passé, une des villes les plus remarquables du royaume, une de celles que nos anciens rois devaient montrer avec le plus de complaisance et d'orgueil. Relisez notre histoire, si vous l'avez oubliée, mon cher confrère, vous y verrez que des entrevues de souverains ont eu lieu à Vézelay, que plusieurs faits importants de nos annales s'y sont passés.

A deux heures, j'avais achevé mon déjeuner et partais à pied pour Avallon ; c'était quinze kilomètres à faire, et je n'étais pas sans inquiétude sur la façon dont mes reins et mes jambes supporteraient cette épreuve. En quittant Paris, je sentais ma pauvre échine si endolorie par quatorze mois de mauvaises nuits et de journées passées sur les escaliers ; que j'éprouvais la crainte bien naturelle qu'elle ne fléchît promptement sous le poids d'Azor. Je partais donc assez tourmenté de la perspective d'avoir à faire en voiture ma tournée du Morvan, mais, au bout d'une demi-heure, j'étais complètement rassuré ; jamais jambes et reins ne s'étaient mieux comportés, et, sauf accident, j'ai maintenant l'assurance de mener à bien mon voyage. A mon départ de Paris, je craignais aussi que mes impressions de cette année ne se ressentissent par trop du souvenir de mes excursions précédentes ; vous comprenez, mon cher confrère, qu'après avoir vu l'Auvergne et les Cévennes, on se montre difficile en fait de sites ; sur ce point encore mes craintes s'évanouirent rapidement. Si, dans la Bourgogne, la nature est moins grande que dans le Cantal et dans l'Ardèche, elle est encore très belle, et le beau, quelle que soit la forme qu'il revête, imposante ou modeste, grade avec lui son prestige et commande partout l'admiration. Les montagnes calcaires qui bordent de chaque côté la vallée de la Cure, celles qu'on voit surgir au loin vers le nord, présentent un caractère tout spécial et entièrement nouveau pour moi ; ce sont de grandes tables, ordinairement coupées obliquement à chaque bout et surmontées d'un plateau uni, souvent boisé, d'une physionomie tout autre que celle des montagnes granitiques que je vais voir ces jours-ci.

A deux kilomètres de Vézelay, la route d'Avallon traverse Saint-Père, humble village dont la coquette église attire de loin le regard. Ce monument, presque contemporain de la basilique de la Madeleine, est un chef-d'œuvre de légèreté, d'élégance et de bon goût. En voyant ce bijou artistique perdu au milieu des chaumières du village, on se demande par quelle étrange ironie du sort on le rencontre en pareil lieu. Quel contraste bizarre entre ce joyau de pierres et les bicoques qui l'entourent ! C'est à n'y rien comprendre. Figurez-vous, mon cher ami, une toile de Raphaël ou de Pérugin égarée dans la cabane d'un paysan, au milieu des grossières enluminures à deux sous où l'on voit le véridique portrait du Juif errant, ou bien M. et Mᵐᵉ Denis en bonnet de nuit et se disant les choses que vous savez ; telle est l'église de Saint-Père au milieu des masures du village. Rien de riche, de gracieux comme les sculptures de son portail, rien de bien compris, d'harmonieux comme les proportions de son vaisseau. Malheureusement le temps fait trop sentir ses atteintes sur cette petite merveille, dont les dégradations font peine à voir et consommeront sous peu la ruine du monument, si des réparations de la plus grande urgence ne viennent promptement y remédier.

Au sortir de Saint-Père, la route croise la Cure, puis, par une montée de quatre kilomètres, gagne un plateau qu'elle franchit à 320 mètres d'altitude, un peu au-delà de Fontète. La vue qu'on a, de ce hameau, sur la vallée de la Cure, sur la montagne dè Vézelay, sur les hauteurs boisées que j'ai traversées ce matin, offre un grand charme, et malgré soi on prolonge le temps de repos devenu nécessaire après avoir gravi cette longue pente.

Une descente de quatre kilomètres sur l'autre versant du plateau me fit perdre de vue Vézelay et tout le pays parcouru dans la matinée et m'amena dans un vallon aux pentes couvertes de vignobles et de bois, audelà duquel je voyais les flèches des églises d'Avallon percer les brumes de l'horizon. Dès ce moment je remarquai que les pierres destinées à recharger la route avaient changé de nature. Au lieu du calcaire oolithique rencontré depuis Clamecy, c'était une roche bleuâtre, compacte et toute pénétrée de coquilles, parmi lesquelles prédomine l'élégante gryphée arquée, caractéristique du lias inférieur, qui, de trois côtés, entoure le massif granitique du Morvan. La gryphée arquée se trouve là en quantité prodigieuse ; plus résistante aux actions atmosphériques que la gangue environnante, l'eau pluviale l'avait sculptée mieux que n'aurait pu le faire le plus habile préparateur, et l'on voyait ses coquilles se dessiner admirablement en relief à la surface des blocs. Différentes ammonites, des fossiles variés, se trouvaient mélangés aux gryphées, et mon cœur de géologue souffrait de voir tant de choses intéressantes échapper à mon musée. Mais comment songer à emporter des ammonites larges de cinquante centimètres et du poids de dix kilogrammes chacune ? Et que dirait mon propriétaire, dont j'aurais surchargé indûment les planchers ? Son parti serait vite pris, et mon sort non douteux : nouveau congé, nouveau déménagement, nouveaux ennuis ; or, j'ai horreur des déplacements à Paris. Je laissai donc à regret toutes ces richesses sur la route, et comme le jour commençait à baisser, je pressai le pas pour atteindre les bords du Cousin avant la nuit.

Le vallon que suit la route établit, de ce côté, la séparation des calcaires et du granite. Les masses de ce dernier commencent à percer le sol vers Pontaubert, et je retrouvai en elles ce beau granite du Morvan, à feldspath rouge et mica vert, que je connaissais bien pour en avoir ramassé des échantillons à ... Asnières ; oui, mon ami, à Asnières, aux portes de Paris ; cela vous étonne, et pourtant rien n'est plus vrai. Allez explorer les sablières de cette localité, vous en trouverez autant que vous le voudrez. L'Yonne et ses divers affluents ont entraîné des fragments de cette roche jusqu'à la Seine ; millimètre à millimètre, le fleuve les a roulés ensuite jusqu'à Paris, et, dans ses divagations à travers sa vallée, les a déposés au sein des alluvions anciennes qui forment une nappe continue depuis Montmartre jusqu'aux coteaux de Saint-Germain. Fouillez ce diluvium, vous y verrez, entassées dans le plus beau désordre, toutes les roches appartenant au bassin supérieur de la Seine et que différentes rivières y ont amenées : calcaire de Beauce, travertin de Champigny, meulières de Brie, grès de Fontainebleau, poudingue de Nemours, granite du Morvan, etc., le tout usé, frotté, arrondi en galets d'un petit volume, mais quelquefois aussi en masses d'un poids considérable, comme le bloc de granite que vous verrez sous le péristyle des galeries de minéralogie, au Muséum ; comme un admirable poudingue à ciment gréseux, que mon ami Le Pil., un sympathique confrère doublé d'un géologue instruit, et moi, avons rapporté des carrières d'Asnières l'an passé.

A Pontaubert, gros village enrichi, comme Saint-Père, d'une belle église ancienne, je quittai la grande route pour m'engager dans un chemin qui suit la vallée encaissée du Cousin. Ce trajet vous met en face d'un des plus beaux sites du Morvan. Le Cousin roule ses eaux torrentueuses et bruyantes dans une gorge où l'on retrouve tous les accidents du granite aimés du touriste : hautes aiguilles légères, entassements chaotiques de masses rocheuses, pentes dénudées ou ombragées de sapins d'un côté, couvertes de taillis fourrés s'abaissant jusqu'à l'eau du côté opposé, falaises abruptes ou verticales en certains endroits, etc.; la vallée du Cousin présente toutes ces choses associées de la façon la plus heureuse auprès d'Avallon. J'étais ravi : « Ma foi, disais-je en me frottant les mains, si le reste de mon voyage me réserve, en beautés naturelles, la moitié seulement de ce que je trouve ici, franchement je ne regretterai pas d'être venu dans le Morvan. » Je traînais un peu la jambe avant Pontaubert, après une demi-heure passée sur les bords du Cousin, je me sentais ranimé et marchais avec une ardeur dont je ne me croyais plus capable; j'aurais marché maintenant tant qu'on aurait voulu, à la condition pourtant que le paysage restât tel, car c'est lui qui me soutenait. Il en est, mon cher ami, du touriste comme du chasseur ; vous le savez ou plutôt vous ne le savez pas, rien n'est lourd comme un carnier vide, et rien ne fatigue comme une route sans intérêt. Si agréable qu'elle fût, ma traite ne pouvait pourtant durer longtemps, et j'avançais d'un si bon pas, qu'après avoir remonté le Cousin pendant une heure, j'arrivais, à la nuit close, au pied du rocher élevé qui supporte Avallon. J'en côtoyai quelque temps le flanc, alors constellé de quelques lumières, et, à sept heures, l'ayant contournée par la route de Lormes, je mettais le pied dans la pittoresque cité, où l'hôtel de la Poste, tenu par M. Hivert, m'offrit bon souper et bon gîte.

Les grottes d'Arcy-sur-Cure; Avallon; une première rencontre à Quarré-les-Tombes.

Saint-Léger-Vauban, 10 octobre.

En abordant Avallon, mon cher ami, je suis entré hier soir dans le Morvan; mais, ce matin, j'en sortais pendant quelques heures pour aller, à dix lieues vers le nord, visiter les grottes célèbres d'Arcy-sur-Cure. Dès six heures, un premier train du chemin de fer d'Avallon à Auxerre m'amenait à Arcy, après m'avoir fait traverser une grande plaine relevée de montagnes carrées comme celle dont je vous ai déjà parlé et après m'avoir fait suivre, pendant quelques instants, la vallée de la Cure, là plus pittoresque encore qu'à Vézelay et bordée par places de falaises crayeuses d'un bel effet quand elles émergent de la verdure des bois. Cela ne vaut pas sans doute les bords de l'Ardèche, mais c'est supérieur à ce que nous voyons dans le bassin tertiaire de la Seine, qui cependant se montre assez fertile en beaux sites.

Sur les indications qu'on me donna, j'allai, dès mon arrivée à Arcy, trouver le régisseur du domaine dont dépendent les grottes, lequel donne les autorisations, fournit un guide et perçoit pour son compte personnel les sommes, variables de cinquante centimes à deux francs, suivant le nombre des personnes, prélevées sur les voyageurs pour la visite des grottes. Chaque visiteur est en outre tenu d'apporter deux bougies, une pour son usage, l'autre pour le guide. Monsieur T..., l'intendant, n'était pas chez lui, mais au *vieux château* d'Arcy, construction d'un beau style qu'habite M. le comte de... pendant ses rares séjours dans ses propriétés de Bourgogne. Ce gentilhomme se trouvait précisément au château, en compagnie de quelques amis venus chez lui pour chasser. En entrant dans l'immense cuisine du manoir, je commençai par butter contre un énorme sanglier tué la veille par ces messieurs, avec un marcassin, deux chevreuils et un renard. Que dites-vous de ce petit résultat? Braves Bourguignons, ils tuent les sangliers comme ailleurs on ramasse les lapins, et cela, tandis que nous, pauvres accoucheurs, passons nuits et jours à entendre geindre mères et poupons, avec l'espoir, souvent déçu, d'avoir deux heures de sommeil pour toute récréation. Non, vraiment, il y a en ce monde des injustices criantes; vous verrez qu'un jour je m'insurgerai et laisserai là le métier pour aller chasser en Bourgogne, car je ne veux pas mourir sans avoir fait au moins un coup double sur les sangliers. Mais je ne sais, mon cher ami, pourquoi je m'attarde à vous parler *chasse*, puisque j'ai l'intention de vous parler *grottes*. L'entrée de celles-ci se trouve située à quinze cents mètres environ d'Arcy, sur les bords de la Cure. La rivière décrit en ce point une boucle de trois quarts de cercle, entourant un mamelon assez élevé. C'est dans l'épaisseur de cette presqu'île que la nature a creusé les grottes d'Arcy, galerie longue de quatre cent cinquante mètres, légèrement sinueuse et dont la direction générale est à peu près nord-sud. Un trajet de vingt minutes à travers de riches vignobles et des bois nous amenait à l'entrée des grottes, placée au pied d'un rocher calcaire et à sept mètres au-dessus du niveau actuel de la Cure. Malgré le soin qu'on a pris de l'agrandir, cette ouverture est encore fort basse, et on n'y pénètre qu'en se baissant. On se trouve alors dans un conduit long d'une cinquantaine de mètres, qui, par une pente douce, descend jusqu'à une cavité plus spacieuse où l'on peut se redresser. Cette première galerie s'incline vers la gauche et aboutit au *passage Madame*, sorte de boyau long de dix mètres, qu'obstruent des stalactites volumineuses, mamelonnées et noirâtres. On ne franchit cet étroit passage qu'en présentant le corps dans certaines directions et non sans frotter ses vêtements contre ces concrétions, qui ne sont pas d'une propreté irréprochable. On entre alors dans une chambre large de huit à dix mètres, haute de quatre à cinq, et toute tapissée de stalactites aux formes étranges, dans lesquelles, avec un peu de bonne volonté, on reconnaît le pis d'une vache, une betterave, une tête de poisson ou de mammifère. La voûte est tapissée par places d'une myriade de tubes calcaires à parois minces, qui représentent le premier stade de la formation des stalactites. De l'extrémité de ces tubes tombent, à intervalles de quelques minutes ou seulement de quelques secondes, les gouttes d'une véritable pluie calcaire, qui dénote l'active circulation des eaux souterraines et rend bien compte du dépôt si rapide des sels de chaux en certains endroits des grottes.

La *chapelle de la Vierge* fait suite à la galerie précédente ; elle consiste en un élargissement circulaire du souterrain, de vingt-cinq mètres de diamètre, qu'entourent des stalactites dont l'une rappelle, par sa forme, une statue de la Vierge portant l'enfant Jésus. Comme les précédentes, ces stalactites sont ternes, grisâtres et d'un aspect fort sale ; cependant on en voit d'autres assez blanches, suspendues à la voûte.

Au sortir de cette prétendue chapelle on entre dans la *salle de la Boucherie ;* c'est bien la plus curieuse de toutes par le volume des stalactites et les formes bizarres qu'elles revêtent, particulièrement celles d'animaux dépouillés et suspendus par les jambes, comme à l'étal d'un boucher ; on en voit là une centaine et d'aussi grosses qu'un mouton ; l'une d'elles rappelle, à s'y méprendre, une tête de porc ou de sanglier ; quelques autres simulent davantage des arbres, saules, palmiers, etc.

Arrivé à ce point du souterrain, mon cher ami, on est à cent cinquante mètres passés de l'entrée, et, nécessairement, l'obscurité y est complète, absolue ; cependant, chose surprenante, ce milieu obscur, qui semble si peu favorable au développement de la vie, est habité par des êtres vivants. De petites mouches noires, allongées, voltigent incessamment dans l'air tiède de la caverne et se posent sur votre visage, sur vos mains, sur votre bougie. J'aurais voulu en saisir une et m'assurer si elles ont des yeux ; ce n'est pas probable, qu'en feraient-elles ? Vous le savez, le défaut d'exercice d'un sens, d'un organe, en amène à la longue la suppression, comme on le voit chez le Protée des cavernes de la Carniole, comme l'a constaté M. Paul d'Albigny, sur un petit coléoptère des grottes de Saint-Marcel, dans l'Ardèche.

Des légions de chauves-souris habitent également la grotte d'Arcy dans ses parties les plus profondes, où les attirent la douceur de l'air et peut-être aussi les mouches dont j'ai parlé. Ces cheiroptères sont assez nombreux, dans certaines salles, pour que leurs fientes, amoncelées sur le sol, y aient formé une couche épaisse d'une matière cireuse, brunâtre, luisante, véritable guano de chauves-souris, absolument inodore quand on l'examine sur place, où la stagnation de l'air et l'absence de lumière en préviennent la fermentation. C'est une formation géologique contemporaine assez curieuse, que d'autres observateurs ont signalée dans des conditions analogues. Les chauves-souris, dans leur vol à travers les galeries, jettent aussi leur fiente sur les dépôts d'albâtre, et c'est là, avec l'argile qui suinte des voûtes, la cause de la saleté parfois sordide des stalactites d'Arcy.

A la salle de la Boucherie succède une autre salle, au milieu de laquelle s'élève le *pilier de Saint-Jacques,* colonnette de la grosseur de la jambe. Il y a une trentaine d'années, l'épaisseur de la main mesurait l'intervalle des deux concrétions de la voûte et du sol ; aujourd'hui celles-ci sont réunies, dénotant la rapidité remarquable avec laquelle se dépose le carbonate de chaux : « Vou écrirais qu'il y a trente ans la stalactite et la stalagmite n'étoient pas rejoindues, » me dit mon cicerone bourguignon, voyant que je prenais des notes à la lueur de mon lumignon. Je vous assure que vous auriez eu une description pittoresque de la caverne d'Arcy, si j'avais pu sténographier ses instructions. Il ne fal-

lait pas le questionner pendant son exposé, cela le gênait ; il avait son
petit thème tout fait et la moindre interruption lui faisait perdre le fil de
son discours ; aussi, ennuyé de mon intempestive curiosité, finit-il par
me défendre de lui adresser la parole « pendant qu'il parlait ». Sur une
des parois de cette même chambre se trouve accolée la *coquille de
Saint-Jacques*, sorte de manteau calcaire comparé assez justement
à l'auvent d'une forge de maréchal. Ce curieux dépôt se trouve aujourd'hui suspendu à un mètre de hauteur, mais, à l'origine, il s'ap-
puyait sur le sol de la grotte, comme le prouvent les cailloux roulés et
les graviers incrustés sur sa face inférieure, restée en surplomb. Ces
galets de silex, cimentés par le calcaire de la coquille, dévoilent l'état
primitif des grottes et la façon dont elles ont été creusées. Ils nous apprennent que le sol de cette caverne est le lit d'un ruisseau souterrain
formé par une infiltration de la Cure à travers une crevasse de la montagne, à l'époque où le niveau de la rivière se trouvait plus élevé de
sept mètres qu'il ne l'est aujourd'hui. Les eaux s'engouffrant dans cette
crevasse, l'agrandirent progressivement par leurs érosions, y entraî-
nant des sables, des graviers, des cailloux tout à fait étrangers au terrain traversé et certainement amenés de loin. On peut se faire une idée
assez exacte de ce qu'étaient primitivement le souterrain d'Arcy et son
ruisseau, en visitant la grotte d'Orchaise, dans le Blaisois, et celles du
Han, en Belgique, où l'on voit s'engouffrer une rivière que l'on peut
suivre en bateau pendant une partie de son cours caché.

Cette partie des grottes a pour plancher une glaise grisâtre déposée
peut-être à une époque fort ancienne, mais peut-être aussi formée de
nos jours par la dissolution des couches calcaires supérieures, toutes
plus ou moins mélangées d'argile ; toujours est-il que cette glaise, dé-
layée par les eaux qui suintent de toutes parts et se rassemblent sur le
sol, forme une fange des plus désagréables pour la marche et des plus
compromettantes pour les vêtements. Je me demande dans quel état
doit se trouver une fraîche toilette de femme exposée pendant deux
heures à ces humidités salissantes. Il paraît du reste que le cas est
prévu et qu'on fournit aux femmes, pour la visite des grottes, un
surtout en toile qui sauvegarde quelque peu la propreté de leur
mise.

Vient ensuite la *salle de Danse*, grande excavation bien droite où l'on
pourrait, en effet, faire danser une nombreuse réunion, à la condition de
l'éclairer convenablement et d'en aplanir le sol. On voit dans cette salle
un pilier double formé par le voisinage de deux colonnettes parallèles

qui finiront, sans doute, par s'accoler et se confondre. Plus loin, c'est la *salle du Calvaire*, ainsi nommée d'une colonne prismatique, élargie en forme de croix et dressée sur une concrétion mamelonnée, de trois à quatre mètres de largeur sur cinq mètres de hauteur. Ce singulier monument, produit de l'activité des eaux souterraines, mesure de six à sept mètres de hauteur totale ; le tout a été déposé molécule à molécule par l'eau des voûtes. Comprenez-vous, mon cher ami, ce qu'il a fallu d'années et de gouttes d'eau pour produire les quinze ou vingt mètres cubes d'albâtre de cet étrange calvaire ?

Quand je quittai la salle du Calvaire, j'errais ou rampais depuis une heure et demie dans le souterrain d'Arcy, et mon esprit, comme mon corps, commençait à se fatiguer de cette incessante fantasmagorie qui faisait passer sous mes yeux toutes les choses de la création. Je prêtai donc désormais, malgré l'étrangeté de leurs formes, moins d'attention aux nouveaux objets de pierre qui s'offraient à moi ; je vous citerai en courant la *tour de Babel*, le *clocher de Nantes*, la *fontaine Sainte-Marguerite*, le *passage du Défilé*, la *salle des Eboulements*, le *mont Cenis*, pour arriver à la *salle des Vagues*, qui marque le fond du souterrain. Les concrétions calcaires revêtent ici une forme tout à fait insolite et bien différente de ce qu'on a vu jusque-là. Ici plus de pendentifs, de colonnettes, de piliers, d'arbres, d'animaux, etc.; mais, sur le sol de la caverne, de petites murailles, d'abord minces et assez basses, puis plus élevées et plus épaisses, qui, vues à distance, ont quelque ressemblance avec les vagues d'une mer agitée. En vertu de quelles actions spéciales le dépôt calcaire a-t-il pris ici la forme de vagues ? Je ne suis pas assez fort géologue pour vous le dire, mais il est probable qu'on a pu s'en rendre compte. Quoi qu'il en soit, les dernières vagues de pierre sont inaccessibles au visiteur, car, dans cette salle, la voûte de la grotte s'abaisse rapidement vers le sol et vous arrête à l'entrée d'une dernière excavation, le *trou du Renard*, qui, elle-même, a peu de profondeur ; on est alors, je vous l'ai dit, à quatre cent cinquante mètres de la porte d'entrée.

En une demi-heure j'avais de nouveau parcouru cette longue succession de chambres, de salles, de nefs, dont la visite, à l'aller, avait exigé environ deux heures. Près de sortir, je m'engageais dans une galerie latérale, laissée de côté en entrant, galerie dite *du Lac*, à cause d'une mare profonde de douze mètres et remplie d'une eau très limpide, comme le sont, en général, les eaux calcaires. Cette eau nourrit-elle des poissons aveugles comme le Protée ? Mon guide l'ignore, mais c'est possible, tant la nature a de tendance à multiplier partout les êtres et à faire éclore la vie dans les milieux mêmes où, *à priori*, nous l'aurions jugée impossible.

Rendu à la clarté du jour après en avoir été privé pendant près de trois heures, je m'assis au bord de la Cure pour me reposer et recueillir mes impressions sur la caverne d'Arcy. Ce qui m'y frappe par-dessus tout, c'est l'énormité du déblayement opéré par la nature dans le forage de ce vaste souterrain. J'évalue à dix mètres, en moyenne, la hauteur et la largeur de sa section verticale, soit 100 mètres carrés, qui, multipliés par 450 mètres de longueur, donnent, si l'arithmétique est une science exacte, un total de 45,000 mètres cubes enlevés par dissolution et par érosion au corps calcaire de la colline. Combien de siècles a exigé ce travail, la science est impuissante à le dire, mais vous pouvez en supposer autant que vous le voudrez, plusieurs milliers et peut-être serez-vous encore au-dessous de la vérité. Ce travail, d'ailleurs, se poursuit de nos jours; l'eau tombant des voûtes, après avoir déposé son calcaire le long des stalactites, s'écoule sur le sol en ruisselets imperceptibles, qui se perdent dans les parties les plus perméables du terrain en y ouvrant de nouvelles cavités, et si les hommes occupent encore la terre dans quelques millions d'années, il est certain qu'ils trouveront aux grottes d'Arcy d'autres dimensions, d'autres formes que celles qu'elles ont aujourd'hui. Peut-être aussi n'y verront-ils rien du tout, des effondrements ayant détruit le souterrain, peut-être même un affaissement du sol ayant enseveli cette partie de l'Europe et l'Europe tout entière sous les mers ; toutes suppositions qu'autorise pleinement ce que nous savons des changements que les eaux souterraines et les ondulations de son écorce impriment incessamment à l'organisme terrestre.

Un second fait bien remarquable, dans ces grottes, c'est le dévelopement prodigieux et la formation rapide des dépôts d'albâtre ; c'est également par milliers de mètres cubes que s'évalue leur masse. Je vous l'ai dit, rien de varié, de bizarre, de fantastique comme les effets divers engendrés par cette précipitation incessante des molécules calcaires que les humidités du sol enlèvent aux parties supérieures de la montagne; spectacle étrange, qui provoque les méditations du philosophe, suscite au plus haut degré l'intérêt du géologue et frappe d'étonnement le visiteur le plus étranger aux notions scientifiques. Malheureusement, toutes ces choses, si curieuses en elles-mêmes et par le processus qui les a fait naître, sont d'une malpropreté déplorable : l'argile

2

entraînée avec les sels dissous, les immondices des chauves-souris et
la fumée des torches, revêtent tous ces objets de marbre d'une teinte
noirâtre et d'un enduit fangeux qui inspirent le dégoût et rappellent un
peu trop ces vieux appartements crasseux dont la mise en état exigera
une forte lessive des boiseries et partout des papiers neufs. Qu'il y a
loin de cette apparence sordide, à la transparence, à la fraîcheur, à la
blancheur immaculée, aux reflets étincelants des cristallisations calcaires que m'ont offerts, l'an passé, les grottes de Vallon, dans l'Ardèche !

J'ignore, mon cher ami, à quelle époque remonte la découverte des
grottes d'Arcy, mais elle est ancienne, car on y lit, écrits en noir de
fumée, les noms de visiteurs avec la date de 1740. Pour bien voir cette
caverne il importe d'être plusieurs ensemble afin d'améliorer l'éclairage des chambres, qui, naturellement, s'accroît en raison du nombre
des bougies. La parcourir, comme je l'ai fait, à la lueur de deux maigres chandelles, c'est perdre une partie de ses beautés. Sans recourir à
la lumière électrique, M. le fermier des grottes ne pourrait-il pas offrir
à ses visiteurs un mode d'éclairage plus parfait, permettant à chacun de
mieux profiter des richesses naturelles du souterrain ? Ses recettes, paraît-il, sont assez belles pour justifier cette amélioration.

L'ouverture étroite et basse du souterrain en a interdit l'accès aux
mammifères de l'époque quaternaire, aussi les fossiles de cet âge y
font-ils absolument défaut, mais, à quelques mètres de là, se trouve
une autre caverne très riche en débris de cette espèce. Elle n'a que cinquante mètres au plus de profondeur, mais sa large baie en permettait
l'entrée aux plus grands animaux, dont on trouve les ossements enfouis
dans un terreau fétide formé par la décomposition de leurs chairs, mélangées à des poussières atmosphériques. Cette seconde grotte a été
explorée par plusieurs chercheurs et particulièrement par M. le marquis
de Vibraye, qui a publié la liste des espèces trouvées dans ce charnier.
Depuis, de nouvelle fouilles, auxquelles mon guide a coopéré avec sa
pioche, y ont été faites et ont amené de nouvelles découvertes. L'envie
ne m'a pas manqué de gratter aujourd'hui ce monument d'une époque
géologique antérieure à la nôtre et d'enrichir à mon tour la paléonto-
logie de nouveaux trésors. Le temps et un outillage convenable me faisant défaut pour cet objet, je me bornai à recueillir quelques menus
débris d'*Ursus spelœus* et d'*Elephas primigenius*, deux fossiles quater-
naires communs et fréquemment associés dans le sol des cavernes.

Quand j'arrivai auprès des grottes, tout entier à la pensée des choses curieuses que j'allais voir, j'avais, je l'avoue, prêté peu d'attention au site lui-même ; ma double exploration terminée, je fus plus à même de l'apprécier, et j'aurais tort de n'en rien dire, car il est des plus agréables. La Cure, ombragée par de grands arbres, serpente doucement au pied d'un versant abrupt, boisé, d'où surgissent de grandes roches calcaires dont la blancheur contraste agréablement avec la teinte verte ou empourprée des feuillages. Entre la rivière et ce coteau court une belle allée gazonnée, plantée d'ormes et de peupliers séculaires, formant une admirable avenue de parc anglais. Ce lieu semble désigné pour la tenue d'une fête champêtre, et j'apprends en effet que la population d'Arcy l'a choisi pour l'emplacement de son assemblée annuelle. C'est là une très heureuse idée. Comme on doit déjeuner gaiement sur ce tapis de gazon, comme on doit danser avec entrain sous ces arceaux de feuillage, au sein d'un riant paysage, où tout semble convier au plaisir et à la joie ! Pourquoi Arcy-sur-Cure n'avait-il pas sa vogue aujourd'hui ? Je n'aurais pas été maître de moi, cette fois, et, si extravagante que pût vous paraître mon action, vous m'auriez vu au premier rang des danseurs. Je ne suis pas beau, c'est vrai, surtout en voyage ; pourtant les Bourguignonnes n'auraient pas eu, je pense, la cruauté de me refuser une simple polka.

A onze heures, mon cher confrère, je rentrai à Arcy par les bords de la Cure, si pittoresques dans tout le cours de cette longue rivière. A l'endroit où elle croise la route de Paris, ses eaux, surélevées par un barrage, tombent en une large cascade au milieu d'un cadre de verdure composant un admirable paysage aquatique, bien fait pour tenter le pinceau d'un paysagiste émérite. Après que j'eus déjeuné à l'*auberge des Grottes* (succulent déjeuner, excellente auberge ; je vous la recommande, mon cher confrère), un train me ramenait, à une heure, à Avallon. Je consacrai une heure environ à parcourir cette ville élégante et pittoresque, bâtie à l'extrême limite des granites du Morvan, dans le point où ils se relient à la plaine jurassique de l'Yonne. Au sud, elle domine un précipice de deux cents mètres au fond duquel le Cousin roule ses eaux mugissantes. De ce côté règne, sur la corniche de l'escarpement, une promenade publique, d'où l'on aime à contempler le ravin qui s'ouvre à vos pieds, et, dans le lointain, les premiers gradins du Morvan, fermant l'horizon à une distance de quarante kilomètres. Le voyageur qui aborde Avallon par la route d'Auxerre et qui n'est pas, comme je l'étais par ma course d'hier soir, préparé à un changement aussi soudain, doit éprouver une bien vive surprise en voyant un paysage alpestre succéder tout à coup à la monotonie du pays traversé pour arriver jusque-là. En effet, rien de saisissant, d'imprévu, comme ce contraste entre les deux extrémités de la ville : au nord, une pente douce, une plaine découverte, du calcaire, des cultures ; au sud, le granite, un escarpement à pic, un abîme de deux cents mètres, une rivière torrentueuse et, dans le lointain, de hautes collines et des forêts ; la plaine et la montagne, avec leurs caractères tranchés, leurs oppositions si fortes, se donnant la main dans cet endroit. Je doute que l'on rencontre ailleurs en France un contraste aussi prononcé, un changement aussi complet, dans la physionomie d'un pays, à quelques mètres de distance.

A deux heures, je partais pour Quarré-les-Tombes et Saint-Léger dans une voiture de louage que m'avait fournie M. Hivert et je descendais aussitôt dans la vallée du Cousin pour remonter, par une pente douce de près de dix kilomètres, sur un plateau formant le premier étage du Morvan, vers le nord. Nous roulions sur le granite, que je ne quitterai plus guère jusqu'à la fin de mon voyage, et je crus remarquer que les bois sont mieux venants sur ce terrain que sur le calcaire : le chêne y est plus vigoureux et sa feuille plus large, plus épaisse et d'un vert plus foncé ; il en est de même du hêtre et des autres essences forestières. Le pays que j'ai traversé dans la soirée n'est ni beau ni pittoresque ; il est faiblement vallonné, peu boisé, couvert de champs et de prairies enclos pour l'élevage du bétail. Au bout d'une heure je quittais la route de Lormes pour en prendre une autre qui m'amenait vers les cinq heures à Quarré-les-Tombes en passant par Saint-Germain-des-Champs. Quarré est un grand village, insignifiant en lui-même, mais agréablement posé sur une éminence d'où la vue s'étend au loin vers le nord, l'ouest et le sud, où se profile une suite de montagnes arrondies, sur lesquelles la Forêt-au-Duc étale son manteau de verdure. Au centre du village, sur le côté d'une grande place, s'élève l'église, autour de laquelle sont rangées les curieuses tombes qui ont valu au village le nom qu'il porte. Ce sont des cercueils en pierre, formés d'une seule pièce et, pour la plupart, pourvus d'un couvercle. On n'a pas encore expliqué d'une manière satisfaisante l'origine de ces objets funéraires, autrefois plus nombreux qu'ils ne le sont aujourd'hui. Y avait-il là une fabrique de tombes, de quelle époque datent celles-ci, personne n'en sait rien ; toujours est-il que la pierre dans laquelle elles sont taillées a été amenée de loin, car c'est un calcaire dur entièrement étranger au pays.

J'examinais depuis quelques instants ces tombes mystérieuses quand je fus surpris de m'entendre appeler par mon nom :

— Bonjour, monsieur B..., me dit une femme qui passait près de moi.

— Bonjour, ma brave femme ; vous me connaissez donc ?

— Mais certainement, c'est moi Pierrette G..., du bureau de Mme L...; vous m'avez placée, il y a trois ans, chez Mme X..., rue de Monceau.

— Ah, oui, j'y suis ; vous allez bien ?

— Pas trop mal ; oh bien, je ne m'attendais guère à vous rencontrer ici. Puis elle ajoute : Ça me fait trop plaisir de vous voir, *faut que j'vous embrasse.*

Je n'avais pas prévu le cas, mon cher confrère, et, dans le saisissement que me causait une déclaration aussi inattendue, j'avoue que je me laissai faire. J'échangeai encore quelques paroles avec Pierrette G... et m'apprêtais à la quitter quand, avisant deux femmes qui passaient à portée :

— Eh, Justine, cria-t-elle à l'une d'elles, viens donc voir M. B..., qui est chez nous.

Justine R... est une autre de mes nourrices, rentrée chez elle depuis plusieurs années et dont, ma foi, je n'avais guère gardé le souvenir. Les deux femmes s'approchèrent, mais, en même temps qu'elles, vinrent d'autres citoyennes de Quarré, qui, ayant vu Pierrette m'embrasser et poussées par une curiosité bien naturelle, tenaient à voir de près l'étranger capable d'éveiller à un si haut degré les sympathies de leur compatriote. Pierrette et Justine se chargèrent de me faire connaître, en leur expliquant que, médecin à Paris, je plaçais dans les familles aisées les nourrices de Quarré. Il n'en fallait pas davantage pour m'ouvrir les cœurs et susciter les tendresses de femmes vivant surtout de la vente de leur lait ; elles m'en donnèrent sur-le-champ la preuve : en un instant, entouré, empoigné par toutes ces femmes, votre digne confrère dut subir l'accolade de ce troupeau de nourrices, grossi de la série de parentes et de voisines accourues sur les lieux ; je crois, Dieu me pardonne, que la moitié de la population féminine de Quarré-les-Tombes me fit passer sous ses lèvres.

Sorti à grand'peine des mains de ces braves femmes, je m'élançai vers l'auberge, où mon phaéton m'attendait, et je partis sans tarder pour Saint-Léger, me dissimulant de mon mieux dans un coin de la voiture, dans la crainte d'être reconnu par d'anciennes nourrices et d'avoir à essuyer de nouveaux témoignages de leur gratitude. Entre Quarré et Saint-Léger la route descend brusquement dans la vallée commune du Cousin et du Trinquelin, et, de là, je voyais, sur ma droite, la gorge boisée où se cache le monastère de la Pierre-qui-Vire, but de mon excursion du lendemain.

A six heures passées j'avais gravi la côte de Saint-Léger et j'entrais dans le village, où ma voiture me déposait à la porte du sieur Allouis, aubergiste de l'endroit. Ce brave homme a commencé par gâcher du mortier, sa femme était nourrice à Paris, et quelques campagnes de cette dernière, ajoutées au gain du mari, ont fait entrer l'aisance dans la maison. Aujourd'hui maître Allouis, bon propriétaire du pays, possède cheval, voiture, deux beaux chiens courants, et passe agréablement son hiver à chasser sangliers et chevreuils dans la forêt communale ; je n'en puis dire autant, mon cher ami.

A huit heures j'avais terminé un excellent dîner et j'allais à l'autre extrémité du village rendre visite à une aimable femme, propriétaire d'une jolie maison à Saint-Léger et que j'aurai suffisamment désignée en disant qu'elle dirige, à Paris, un bureau de placement bien tenu, où nous sommes heureux de prendre quelques-unes des nourrices que réclame notre clientèle. Je la trouvai en bonne santé, satisfaite de ma visite, et nous convînmes que nous irions, le lendemain, visiter ensemble le monastère voisin, qu'elle n'avait pas revu depuis plusieurs années. Je la quittai donc assez promptement pour aller me préparer, par une bonne nuit, à supporter les fatigues du lendemain.

Le monastère de la Pierre-qui-Vire; le pont Dupin ; le saut de Gouloux; le flottage des bois; les forêts du Morvan.

Montsauche (Nièvre), 11 octobre.

Comme Quarré-les-Tombes, Saint-Léger occupe le point culminant d'un petit plateau d'où la vue s'étend au loin de tous côtés. Pour le distinguer des autres Saint-Léger, très nombreux dans le Morvan, on a ajouté à son nom celui du maréchal de France illustre qui y a vu le jour en 1638. Vauban est né à Saint-Léger, c'est certain, son acte de naissance se trouve dans les archives de la paroisse, mais il n'a pas d'abord été berger, comme le prétend faussement la légende. Un propriétaire du pays, M. Tripier, vieillard octogénaire et causeur fort instruit, oncle de notre savant confrère de Paris, a rectifié sur ce point l'opinion erronée qu'ont propagée certains biographes. Fils d'Albin Le Prestre de Vauban, Sébastien de Vauban, le maréchal, appartenait à la noblesse. Son père était militaire ; cadet de famille et sans fortune, il faisait élever son fils chez le curé de Saint-Léger, qui le garda jusqu'à l'âge de dix-sept ans. L'enfant allait jouer dans la campagne avec de jeunes pâtres, et c'est là probablement ce qui a fait croire que lui-même avait été berger.

Comme les jours précédents, le temps est un peu couvert, frais et sans pluie ; un vrai temps de marche, et assurément, en quittant Paris, je n'espérais pas une température aussi favorable à une expédition de touriste. A huit heures j'allais prendre une tasse de café chez Mme P..., et une heure après nous partions, au nombre de cinq personnes, pour le monastère de la Pierre-qui-Vire, convoyés par M. Allouis, mon aubergiste ; nous y étions rendus après un trajet d'une heure, fait à travers la forêt de Saint-Léger. Ce couvent est de date toute récente ; des moines bénédictins l'ont fondé en 1849, sur un terrain que leur a concédé la famille de Chastellux. Le site est aussi solitaire et sauvage qu'on puisse le rêver au centre de la France. C'est une gorge très encaissée, dans laquelle le Cousin se précipite bruyamment entre deux versants hérissés de rochers et couverts jusqu'au sommet de bois touffus de chênes ; nulle habitation à proximité, pas d'horizon lointain qui distraie les yeux et nuise au recueillement de l'esprit ; autour de soi, rien que la forêt avec son rideau de verdure et ses sauvages harmonies, la solitude avec son isolement et son silence. Aucun site ne pouvait mieux convenir à un asile de paix et de prière, et les bénédictins de 1849 ont prouvé que leur ordre n'a rien perdu de ses aptitudes à choisir les bons endroits pour établir ses abbayes. Au centre d'une enceinte murée inclinée sur le versant oriental du vallon, s'élève une gracieuse chapelle, pittoresquement assise sur un rocher au pied duquel le Cousin bouillonne sur son lit de rocailles. L'habitation des moines se trouve à droite de l'église ; à gauche sont les communs du couvent, les étables et les écuries. Au-dessous de ces bâtiments, le potager et les jardins s'abaissent par une pente rapide jusqu'au bord de la rivière ; un conduit de dérivation en amène les eaux limpides au milieu des cultures et facilite les arrosages. C'est, comme vous le voyez, une installation très complète et fort bien comprise.

La chapelle du couvent en est, comme toujours, l'édifice principal, celui auquel les autres bâtiments se trouvent subordonnés. Après de longues études et des visites multipliées faites aux monuments les plus remarquables de notre pays, un des moines en a donné les plans, et son succès a été complet. L'architecture romane de cette église est d'une grande sobriété, mais ses proportions sont très heureuses, et, de l'aveu des connaisseurs, c'est un monument parfaitement réussi. Les fenêtres sont ornées de vitraux d'un grand prix, don de nobles familles des environs, dont on voit les armes figurer dans un angle du vitrail.

Après avoir visité longuement ce beau sanctuaire, nous fîmes le tour du monastère, suivant les bords du Cousin, en partie cachés sous l'épais feuillage des chênes, et nous remontâmes un chemin de croix très pittoresque établi parmi les rochers dont le sol de la forêt se trouve jonché. Nous fûmes conduits de la sorte auprès de la Pierre-qui-Vire, roche plus élevée que les autres, qui a donné son nom au monastère ; elle est formée de deux blocs superposés, dont l'un, par conséquent, sert de piédestal à l'autre. Suivant une ancienne légende, ce dernier *virait*, c'est-à-dire tournait autrefois sur lui-même à l'heure de midi. Ce qui a pu donner lieu à cette fable, c'est que cette pierre, portant sur deux points limités de sa surface, avait une mobilité telle que, malgré sa grosseur et son poids énorme, l'action de la main suffisait pour lui imprimer un léger mouvement de bascule. Était-ce un fait naturel que cette mobilité, était-ce, au contraire, le résultat d'un artifice, comme le veut l'opinion qui fait de ce rocher un dolmen, c'est-à-dire un produit de l'industrie des premiers hommes ? Je ne saurais le dire. Ce qui est certain, c'est qu'aujourd'hui la pierre-qui-vire ne vire plus, et cela par la volonté des hommes ; les moines, trouvant ce rocher favorable à l'érection d'une statue de la Vierge, en ont fait sceller l'assise mobile, et c'est précisément M. Allouis, alors maçon, de son état, qui a exécuté ce travail. La statue nouvelle, bien posée sur ce roc, encadrée de verdure, est assurément d'un heureux effet ; néanmoins je ne puis que regretter la perte d'une curiosité assez rare.

Au bout d'une heure de promenade le sentier nous ramenait à la porte du monastère. On y voit encore les traces de l'effraction violente qui, en vertu des décrets de l'an passé, a forcé l'entrée de la maison et en a chassé les habitants. On n'a pas oublié l'émotion causée dans le pays par une mesure que les partis ont très diversement jugée. Je n'ai pas qualité pour me prononcer sur cet acte du gouvernement de la République ; je ne suis pas juriste et n'ai pas à décider si, en dissolvant par la force les congrégations non autorisées, nos ministres ont fait une légitime application de la loi, ou si, comme beaucoup de personnes le pensent, ils ont commis un attentat injustifiable contre la liberté de citoyens paisibles. Mais, tout en accordant aux cénobites expulsés la sympathie et le respect qu'inspire la persécution haineuse dont ils sont l'objet, je ne puis m'empêcher de penser qu'à l'heure actuelle les institutions monastiques de l'an mille ont fait leur temps. Avec les conquêtes de la science, de la liberté, le règne mieux établi de la justice, le progrès social, l'homme de nos jours n'est pas né pour le célibat et la réclusion du cloître. Dieu l'a créé pour sentir battre contre sa poitrine le cœur d'une compagne, élever une famille, donner des soldats à la patrie, travailler de concert avec les autres hommes à la prospérité et à la grandeur de son pays, et, sans d'impérieux motifs, il n'est permis à personne d'éluder cette destination providentielle, ce devoir sacré. J'ignore sur quels fondements on peut établir la nécessité des ordres religieux, car ni la société ni la religion ne me paraissent le moins du monde intéressées à leur maintien. Donner l'instruction religieuse aux enfants, consoler les malades, administrer les mourants, prier pour les morts, satisfaire aux besoins du culte, le clergé séculier suffit à cette tâche, et, dans les différentes parties de son ministère, ne tient pas autrement à avoir la collaboration des moines. Soyons reconnaissants à ces derniers des services qu'ils ont rendus dans le passé : dans des siècles de barbarie et d'ignorance, ils nous ont conservé le trésor des littératures anciennes ; à une époque d'anarchie et d'oppression, ils ont fait entendre aux puissants de la terre des conseils de modération et de justice. Ils répondaient à un besoin de ces périodes troublées ; leur existence se comprenait au moyen âge, aujourd'hui ils sont un anachronisme et une erreur. Tel est du moins mon humble avis.

A midi j'avais achevé ma visite au couvent et prenais congé de Mme P..., pour rejoindre, à travers bois, la route de Quarré-les-Tombes à Montsauche. J'aurais sûrement échoué dans cette entreprise et me serais égaré dix fois dans les sentiers compliqués qui s'entre-croisent dans la forêt, si un secours inespéré, comme le ciel en envoie souvent au voyageur isolé, ne m'eût épargné tout embarras. En même temps que nous étaient venus à la Pierre-qui-Vire deux jeunes gens du hameau des Pompons, situé précisément dans la direction que j'avais à suivre. Leur présence m'enleva toute difficulté pour trouver mon chemin et changea en une agréable promenade un trajet plein d'incertitude et de soucis, fait sans eux. Nous eûmes d'abord à faire, dans la forêt, une traite de deux à trois kilomètres, qui me mit à même d'étudier sur place la désagrégation naturelle des granites et leur transformation en sol arable. Un talus de deux mètres montrait, sur cette épaisseur, d'anciens granites, à l'origine durs et compactes, convertis en une couche de graviers incohérents, que la pression du doigt dissociait aussi facilement qu'elle l'eût fait de grains de sable. Cette décomposition du granite et d'autres roches cristallines est un fait très général, dont la cause réside dans une action chimique exercée sur certains de leurs éléments par l'acide carbonique de l'air. L'eau pluviale, acidifiée par ce gaz, pénètre par imbibition les roches les plus dures, désorganise leur feldspath, en enlève les bases alcaline et terreuse et isole les grains de quartz et de mica, détruisant de la sorte toute cohésion et toute solidité dans la roche. Cette altération, qui s'opère déjà à l'air libre, est encore plus active sous le sol des forêts, où la combustion lente des végétaux engendre une forte proportion d'acide carbonique, qui vient en aide à celui de l'atmosphère pour hâter la destruction des feldspaths ; aussi est-ce dans les bois surtout qu'on observe sur la plus grande échelle cette pulvérisation des roches granitiques. La géologie désigne le gravier ainsi formé par les mots *matières arénacées;* la langue du peuple, plus concise, plus colorée, plus expressive, l'appelle tout simplement de l'*arène.* Là où elle existe en quantité suffisante, on l'emploie en guise de sable dans la confection des mortiers, et la forte proportion de silice qu'elle renferme la rend très propre à cet usage.

Au sortir de la forêt de Saint-Léger nous eûmes à traverser le hameau des Valtats; puis, après avoir escaladé pas mal de clôtures, franchi de nouveaux bois, des champs cultivés, nous arrivâmes au bout d'une heure aux Pompons. Le sentier nous fit passer à l'endroit même où, l'hiver dernier, un de mes jeunes compagnons a fait un coup superbe sur un sanglier. On chassait ces animaux en battue, par une neige épaisse, condition favorable pour connaître leur retraite, la neige conservant facilement l'empreinte de leurs pas, et on l'avait placé à l'angle d'un bois cerné par une ligne de tireurs. La battue était commencée depuis quelques instants quand un beau sanglier débucha à 40 mètres; une balle heureuse le fit trébucher, puis rentrer précipitamment sous bois, où on le trouvait raide mort à dix pas de la lisière ; l'animal pesait 78 kilogrammes ! Un beau poids, un beau coup, n'est-ce pas ? Je l'envie sincèrement ; mais, soyez tranquille, un jour viendra où j'en ferai de pareils ; je n'en serai pas toujours réduit à vous raconter les prouesses des autres.

Convenablement restauré par la mère de mes compagnons, ancienne nourrice de bonne maison, on m'indiqua la direction de la route de Montsauche, sur laquelle j'arrivai vers les deux heures, après avoir traversé la vallée du Trinquelin, ruisseau tributaire du Cousin. C'est par erreur que Joanne place le monastère de la Pierre-qui-Vire sur le premier de ces cours d'eau, puisqu'il est bien certainement voisin du second.

Dans le point où je l'avais atteinte, la route de Montsauche se déroule sur une crête dominant de deux côtés le pays, et, de cette crête, j'aperçus distinctement, vers le nord-ouest, les tours de la cathédrale de Vézelay, émergeant des brumes de l'horizon. Sur ma gauche se dressaient les montagnes plus élevées du Morvan, tandis qu'à l'est le large rideau de la forêt de Saint-Léger arrêtait la vue à peu de distance. Je me reposais depuis quelques instants sur l'ados d'un fossé, les yeux tournés vers le paysage très agrandi au sein duquel j'allais pénétrer, quand vint à passer un grand char morvandiau traîné par quatre bœufs et chargé de bois de moule. J'admirai beaucoup la construction économique de cet appareil si primitif, mais en même temps si bien adapté à la nature et aux besoins du pays. Figurez-vous, mon cher ami, deux paires de roues reliées par des perches coupées dans le premier bois venu et au-dessus desquelles on dresse de chaque côté un cadre à claire-voie, soutenu par des montants fixés aux essieux; le tout assemblé avec des rouettes de genêt ou de chêne; voilà le char construit. Toutes ces pièces jouent les unes sur les autres, crient, se tordent à la moindre inégalité du terrain, mais en même temps donnent à l'ensemble une souplesse merveilleuse, et la machine roulante, ondulant comme un serpent, franchit fondrières et rochers sans crainte d'aucun bris, comme on en verrait indubitablement se produire avec des pièces rigides et bien ajustées. C'est incroyable quels résultats ces industrieux convoyeurs du Morvan obtiennent avec presque rien.

Remis en marche après un repos d'une demi-heure, je m'engageais dans une grande forêt à travers laquelle j'avais huit kilomètres à faire pour gagner Saint-Brisson; et, soutenu par l'air pur de cette forêt, par son arome vivifiant, je marchais avec un entrain qui me surprenait. Quelle satisfaction j'éprouvais de me sentir si fort et de penser que, pendant plusieurs années peut-être, je pourrais renouveler des voyages si instructifs et si attrayants! Aussi avec quelle ferveur je priais Dieu de me conserver longtemps encore une faculté si précieuse! « Mon Dieu, lui disais-je, si votre colère doit s'appesantir de nouveau sur moi et me frapper dans mon corps, rendez-moi sourd, privez-moi d'un bras, mais laissez-moi mes jambes et mes yeux. J'en bénirai deux fois votre nom; car je n'entendrai plus les jugements sévères, peut-être, hélas! trop mérités, que les hommes porteront sur moi, et je pourrai encore aller. chercher vos œuvres et en admirer la magnificence. » Il faut croire, mon cher ami, que cette prière fut entendue, car jamais je ne marchai avec autant d'aisance.

A quatre heures du soir, ayant côtoyé un beau parc et franchi la digue d'un magnifique étang, j'entrais dans Saint-Brisson, petit village situé dans un froid vallon tourbeux, dont l'égouttement donne naissance au ruisseau du Vignan, affluent de la Cure. J'avais fait à pied quinze kilomètres depuis le matin, et moins à cause de la fatigue que dans l'intérêt des étapes suivantes, je jugeai sage de faire en voiture les treize kilomètres qui séparent Saint-Brisson de Montsauche. On m'indiqua la demeure des deux seuls habitants du village possédant un cheval et pouvant me rendre ce service, mais ni l'un ni l'autre n'était chez lui, et il devint évident pour moi que je ne devais compter que sur mes jambes pour achever ma journée. Comme le ciel se rembrunissait et qu'il me fallait arriver sur la Cure avant la nuit, je partis sans attendre davantage et, vers cinq heures, ayant gravi une rampe de trois kilomètres à travers une forêt, j'arrivais au sommet d'un haut chaînon appartenant à la ligne de montagnes qui encaisse vers l'est la vallée de la Cure. C'est un des points les plus favorables pour juger de la physionomie du Morvan, et l'un des horizons les plus caractéristiques de cette région. De ce point culminant de la route, en effet, on embrasse du regard, vers l'ouest et le sud-ouest, une suite indéfinie de coupoles, de dômes, de croupes allongées, séparant autant de vallons, de gorges ou de ravins. Là, pas d'arêtes dentelées, tranchantes, comme il en existe dans les Cévennes et dans l'Auvergne ; partout des courbes adoucies, dont le profil varie du cintre à l'arc le plus surbaissé ; toutes ces hauteurs enfin, couvertes de forêts de chênes et de hêtres, que les froides nuits d'automne commencent à teindre des plus chaudes nuances ; là, mon cher ami, plus de doute, j'étais bien dans le Morvan. Entre mon observatoire et les montagnes qui lui font face, court, dans une direction nord-sud, une vallée, sur un des côtés de laquelle la Cure coule avec fracas au fond d'un ravin d'où s'élèvent d'incessantes clameurs que le vent apportait sans peine jusqu'à moi.

Une descente précipitée sur le flanc de la montagne (le jour baissait rapidement) m'amenait en une demi-heure au pont Dupin, ainsi nommé en l'honneur du jurisconsulte célèbre, député de la Nièvre, qui a su obtenir du gouvernement de Juillet les crédits nécessaires à la construction de la route d'Avallon à Montsauche. Ce pont forme sur la Cure un beau viaduc long de 180 mètres, percé d'une seule arche haute de 12 mètres sous clef, sur une largeur égale. C'est une œuvre importante, qui, se montrant tout à coup dans une vallée sauvage, presque déserte, avec un cadre de bois et de montagnes, produit sur l'esprit une impression qu'on n'attendrait pas d'une chose aussi commune. Pour comprendre un tel effet, il faut tenir compte du milieu qui vous entoure : au cœur d'une cité un pont est un pont, et l'on passe dessus sans le remarquer ; en rase campagne, loin de toute habitation, avec le voisinage des bois, le bruit d'un torrent, un beau pont est un site, et même un très beau site s'il ressemble au pont Dupin. C'est précisément ce qui arrive pour ce dernier, et ce qui explique l'impression qu'on ressent à sa vue.

Avant de m'y engager je remontai pendant dix minutes, dans la direction du village de Gouloux, les bords du Caillot, petit affluent de la Cure, qui se jette dans cette rivière juste au-dessous du pont Dupin. Ce ruisseau forme, à 500 mètres de là, une jolie cascade, de 7 à 8 mètres de hauteur, dont les eaux glissent en une bande d'un blanc pur sur le flanc d'un rocher contre lequel s'appuie un moulin. Cette cascade, dite *saut de Gouloux*, est assurément modeste, mais gracieuse et agréable, et les belles chutes d'eau du Morvan ne sont pas assez nombreuses pour qu'on néglige d'aller voir celle-là de près.

Quelques mètres en amont du pont de Gouloux, la Cure, qui depuis Montsauche coule vers l'est, s'infléchit à angle droit pour se porter au nord. A l'endroit de ce coude elle est fort encaissée dans un ravin boisé dont les pentes sont si raides, qu'on n'arrive jusqu'à l'eau qu'en s'accrochant aux branches des taillis. Cette descente périlleuse opérée, je me trouvai en face d'une cascatelle tapageuse que, de la route, on entend mugir à ses pieds, sans réussir à la voir. Là, le lit du torrent se trouve surélevé par une digue de granite au milieu de laquelle surgit un gros monolithe partageant la rivière en deux bras. Chacun de ces bras est, à son tour, obstrué par des quartiers de roches moins gros, et c'est en passant au-dessus de ces roches ou en s'insinuant entre elles que la Cure franchit ce barrage. Naturellement, les chutes multipliées et la lutte des eaux contre les obstacles que leur opposent les granites ne vont pas sans produire un bruit assourdissant qu'on entend à plus d'un kilomètre. Du reste, le cours entier de la Cure, tant qu'elle se maintient sur le haut massif du Morvan, n'est qu'une perpétuelle succession de chutes et de rapides, et, ce soir, pendant les huit kilomètres que j'ai dû faire dans son voisinage, au sein de la plus profonde obscurité, sa direction, sa proximité ou son éloignement n'ont cessé de m'être indiqués par les incessantes clameurs qui s'élèvent de son ravin.

Auprès du pont Dupin, je trouvai les bords de la Cure convertis en un vaste chantier de bois de chauffage. Ce bois, amené par chariots des forêts voisines, attend là le printemps pour être jeté dans le torrent, qui se charge de l'amener en deux jours sur l'Yonne, où on le repêche pour en former des trains ou l'expédier à Paris en chemin de fer. C'est ce qu'on appelle *le flottage à bûches perdues*. Jean Rouvet, ouvrier des ports de Clamecy, eut, le premier, l'idée de ce mode de transport économique et en fit l'essai sur la Cure en 1549. Cette invention, qui permet de transporter au loin et presque sans frais des quantités de bois considérables, fut un vrai bienfait pour le Morvan, surtout arrivant à une époque où le mauvais état des chemins rendait presque impossible l'exploitation des forêts situées loin des routes. Aussi la reconnaissance publique, dans ce pays, a-t-elle voulu consacrer la mémoire de Jean Rouvet par l'érection d'un buste, que vous verrez sur le pont de Clamecy. Si vous le permettez, mon cher ami, un mot sur cette pratique du flottage, qui est ici une grosse affaire par l'importance des capitaux qu'elle remue et par le grand nombre de bras qu'elle occupe. Chaque été, les propriétaires de forêts amènent leurs bois sur certains emplacements connus ou ports échelonnés le long des rivières flottables du pays, où les marchands de Paris et d'ailleurs viennent, l'hiver suivant, faire leurs achats. Toutes les bûches d'un lot sont marquées au marteau des initiales de l'acheteur, qui serviront plus tard à reconstituer la part de chacun. En février-mars, lorsque les pluies d'hiver et la fonte des neiges ont grossi les torrents, toutes les bûches sont jetées à l'eau pêle-mêle et s'en vont à la dérive. Des hommes armés de longues perches vont et viennent le long des rivières, repoussant dans le courant les bûches arrêtées sur les rives et assurent la marche du flot, qui, en deux jours, amène les bois des parties les plus élevées du Morvan jusqu'aux villes de Clamecy, Cravant et Vermenton, où un barrage approprié les arrête. Si les eaux sont basses à cette époque, on les renforce en laissant écouler le contenu d'étangs et de réservoirs, que des rigoles mettent en communication avec les rivières. A Clamecy et à Cravant les bois sont repêchés, triés et mis en tas. Chaque négociant retrouve là ce qui lui appartient et l'amène chez lui par bateaux ou chemin de fer. Ce triage des bois et son empilement donnent du travail à une nombreuse population d'hommes, de femmes et d'enfants, qu'on paye un prix convenu par décastère. Vous comprenez maintenant, mon cher confrère, les avantages du flottage ; on peut les résumer ainsi : célérité du voyage, frais de transport réduits au minimum. Quelque importants que soient ces avantages, le procédé toutefois n'est pas exempt d'inconvénients qui en diminuent la valeur. Ainsi, par exemple, malgré la surveillance et le zèle des flotteurs, une partie des bûches se perd en route, arrêtée sous les berges, dans les vases ou parmi les roches du fond ; on en repêche bien quelques-unes pendant l'été, comme en témoignent les petits tas qui jalonnent la partie flottable de la Cure, mais il en reste des quantités dans le lit de la rivière, comme je m'en suis assuré plusieurs fois. Ensuite, bien que messieurs les marchands assurent le contraire, il n'est pas certain que le bois flotté n'ait pas perdu de sa qualité, ce qui est un inconvénient, pour le consommateur tout au moins. Le flottage est donc, en somme, un moyen de transport défectueux, un pis-aller, qui ne résistera pas à la concurrence des chemins de fer et que vous verrez disparaître aussitôt que des voies ferrées auront sillonné la contrée.

Le flottage à bûches perdues a fait naître, dans le Morvan, un mode spécial d'exploitation des forêts qu'on désigne ici par les noms de *jardinage* et de *furetage*. Vous savez que, dans le nord de la France, les bois s'exploitent en coupes *pleines* ou *blanches,* c'est-à-dire que, parvenu à l'âge voulu, on abat la totalité du taillis, le gros bois comme le petit, ne laissant debout que les réserves destinées à faire de la charpente. On ne procède pas ainsi dans le Morvan, on ne coupe, dans la portion de forêt à exploiter, que les brins assez forts pour donner du bois de flottage (30 centimètres de tour au moins), et on laisse le reste sur pied ; on agit donc à peu près comme le jardinier qui, dans un carré de choux ou de laitues, enlève tous les deux ou trois jours les légumes propres à l'usage, d'où le nom de *jardinage* donné à ce système. Une forêt soumise au furetage s'exploite tous les huit ans, c'est-à-dire qu'après en avoir retiré les brins bons à prendre, on laisse le bois en repos pendant huit ans et l'on revient, au bout de ce temps, couper tout ce qui, dans l'intervalle, a acquis les dimensions convenables. Les propriétaires riches, qui peuvent attendre, ceux dont les bois, situés sur des pentes abruptes, sont d'une exploitation difficile et coûteuse, attendent en général quinze ans ; les tiges sont alors beaucoup plus fortes, mais on est quitte pour les fendre.

Le jardinage accroît notablement la production du bois, et le revenu qu'on tire des forêts soumises à ce régime est supérieur de près d'un tiers à la rente de celles qu'on exploite en coupes blanches ; le fait est constaté par une expérience plusieurs fois séculaire ; aussi est-il probable qu'on en conservera l'usage, dans le Morvan, longtemps encore après que les chemins de fer en auront banni le flottage ; on peutmême dire que c'est certain, l'expérience ayant appris qu'une coupe blanche, opérée sur une forêt soumise auparavant au furetage, a pour effet de tuer les souches et d'anéantir la forêt.

Aux yeux du touriste le furetage a encore l'avantage de ne pas dépouiller, même un seul instant, le sol des forêts, au grand détriment du paysage. Comme on n'enlève à la fois qu'un tiers du taillis, les deux autres tiers laissés debout conservent en tout temps à la forêt son manteau de verdure, sa physionomie, ses effets décoratifs, et en pénétrant, comme je l'ai fait ce soir, au cœur des forêts morvandelles, un homme peu exercé en est à se demander quelle portion de ce bois a été exploitée la dernière, tant sa constitution paraît homogène sur toute sa surface. J'ai éprouvé un grand plaisir à étudier aujourd'hui sur place une pratique si différente de celles qui m'étaient connues.

, . Après avoir croisé la Cure au pont Dupin, je m'enfonçais dans la forêt de Montsauche, suivant une route parallèle à la rivière ; il était alors six heures. Le temps commençait à se gâter ; des nuages bas, attirés par les grandes forêts du pays, se résolvaient en une pluie fine et fouettante ; le vent se mit à souffler avec force, et la nuit s'abattit sur le ravin, si profonde et si noire, que mes yeux distinguaient à peine la route sur laquelle j'avais à m'avancer. A partir de ce moment le voyage cessait d'être agréable ; la pluie qui me fouettait le corps entier en dépit de mon parapluie, le mugissement de la rivière et le sifflement du vent à travers la forêt, auxquels s'ajoutaient le crépitement de la pluie sur les feuilles et le hululement des hiboux, formaient un concert des moins récréatifs. Certainement je n'avais pas peur, car je suis brave, mille tonnerres ! Cependant, je ne saurais dire pourquoi, je ne me sentais nullement à l'aise. Six kilomètres me séparaient encore de Montsauche, à ce moment ; vous me croirez si vous le voulez, mon cher ami, en une heure je les avais franchis. Vous ne manquerez pas de dire que j'avais peur et que, si j'ai si bien marché, c'est que la peur me prêtait des ailes ; eh bien, pas du tout, tout simplement la pluie m'agaçait, et j'avais hâte d'en finir avec elle.

A sept heures passées je me présentais à l'auberge de M. Nollot, que Mme P... m'avait recommandée, le matin, et, après un bon souper, je me couchais, somme toute, assez fier de la façon gaillarde dont mes vieilles jambes avaient enlevé les vingt-huit kilomètres de la soirée.

Nouvelles rencontres à Montsauche et à Planchez; les porphyres du Morvan; le réservoir des Settons; la vallée de la Houssière.

Château-Chinon, 12 octobre.

Ce matin, dès sept heures, mon cher ami, je sortais pour aller faire une reconnaissance dans Montsauche, où je suis entré de nuit et dont, par conséquent, je n'avais pu me faire aucune idée hier soir. C'est un gros village, étagé sur le versant occidental de la vallée de la Cure et disposé par groupes de maisons, que séparent de grands jardins ou même des champs cultivés. Un de ces groupes, plus isolé que les autres, comprend, avec la gendarmerie, la maison d'habitation de notre distingué confrère, M. le docteur Monot, à qui ses remarquables travaux sur l'industrie des nourrices ont donné une légitime notoriété dans le monde médical ; une seconde agglomération d'habitations s'échelonne le long de la route de Château-Chinon ; enfin une série encore plus nombreuse de constructions forme un troisième groupe tout en haut du village. C'est à ce dernier qu'appartient l'église, placée à l'un des angles de ce qu'on peut appeler la place de Montsauche. Je m'étais engagé depuis quelques instants sur cette place, examinant les pierres des murs, quand, devant la porte d'une des maisons de gauche, j'aperçus deux femmes qui parlaient en me regardant ; l'une d'elles avait même le bras étendu dans ma direction. Dès ce moment, mon cher ami, je compris que j'étais perdu et que la scène de Quarré-les-Tombes allait se renouveler : d'anciennes nourrices de Paris m'avaient sans doute reconnu et ne me laisseraient pas aller sans m'embrasser. Dans le trouble que me causait cette perspective, je m'élançai vers l'église, espérant par là échapper à une démonstration qui pour moi n'a aucun charme ; cette démarche maladroite ne fit qu'aggraver ma position, car le bruit de mon arrivée avait eu le temps de se répandre dans le village, et quand, au bout de vingt minutes, je me hasardai à quitter mon asile, au lieu de deux nourrices, j'en trouvai quatre qui m'attendaient à la porte. Il me fallut bien avouer qui j'étais, et cet aveu inéluctable devint, à l'égard de ma personne, le signal d'une nouvelle exécution : entouré, empoigné, embrassé par ces quatre femmes, tout cela fut fait en un clin d'œil et beaucoup moins de temps que je n'en mets à vous l'écrire.

Ayant ainsi payé mon tribut à la reconnaissance des nourrices de la localité, j'étais du moins redevenu maître de mon temps et de ma personne, et j'en profitai pour continuer mon étude des pierres du pays. A Montsauche, j'avais mis le pied sur les porphyres du Morvan ; j'y trouvai, en effet, de nombreuses variétés de cette belle roche, composée, comme vous le savez, de cristaux de feldspath disséminés dans une pâte également feldspathique et souvent accompagnés de quartz limpide et cristallisé. Vous en connaissez certainement deux variétés assez répandues : le porphyre rouge antique et le porphyre vert antique ou mélaphyre, tirés tous deux d'Egypte et que, depuis l'antiquité, on recherche pour la décoration des monuments et pour la confection de divers objets d'art : coupes, vases, urnes, socles, etc. Comme les granites, les trapps, les trachytes, etc., les porphyres sont des roches éruptives sorties fluides du sein de la terre, à travers d'autres roches plus anciennes qu'elles ont crevassées, fracturées, bouleversées et le plus souvent recouvertes de leurs épanchements. La France renferme un certain nombre de ces éruptions porphyriques, dont les plus considérables sont celles de l'Esterel, du Forez et du Morvan. Ces dernières couvrent toute la partie sud de la région, sur une superficie de 100 lieues carrées, formant, par leurs amoncellements, la plupart des montagnes et des dômes qu'on y rencontre, entre autres le mont Beuvray, le plus volumineux de tous. Comme finesse de grain, éclat, coloris, nos porphyres français sont sans doute inférieurs à ceux d'Egypte ; cependant ils ne laissent pas que d'être encore d'un effet agréable, et plusieurs d'entre eux, bien travaillés, ne seraient pas indignes de figurer dans l'ornementation d'une maison de luxe ou d'un palais ; différents essais, faits dans ce sens, ont pleinement réussi. Je trouvai, à Montsauche, de très nombreux porphyres, les uns quartzifères, les autres entièrement feldspathiques ; malheureusement, la plupart des blocs, exposés depuis longues années aux intempéries, sont très altérés et ont en partie perdu leurs caractères primitifs.

A huit heures je partais en voiture pour le lac des Settons, une des grandes curiosités du pays et une des choses que les touristes mettent le plus d'empressement à aller voir. Ce réservoir a été formé, de 1848 à 1858, au moyen d'un magnifique barrage en granite, de 267 mètres de longueur sur 20 mètres d'élévation et 11 mètres d'épaisseur à la base. Là s'étendait, il y a quarante ans, au fond d'un cirque de montagnes boisées, le grand marais des Settons, traversé par la Cure à 640 mètres d'altitude. En fermant la vallée par ce barrage, on a converti le marais en un réservoir d'une contenance de 23 millions de mètres cubes d'eau et de 403 hectares de superficie, pour alimenter les canaux du Nivernais et du Centre et pour produire les crues factices de la Cure à l'époque du flottage. Je n'avais pas encore vu une nappe d'eau douce aussi considérable, les lacs d'Auvergne et des Cévennes n'ayant pas plus de 100 hectares de superficie, et ceux de la Suisse et du Jura m'étant inconnus. J'éprouvai un vif plaisir à parcourir les bords de ce vaste étang, étalé au sein d'un cadre magnifique de montagnes et de forêts. La forme en est fort irrégulière, et les bords très bizarrement découpés en une série de baies qui s'enfoncent entre les caps avancés formés par le pied des montagnes ; aussi voit-on le paysage changer au détour de chaque promontoire et communiquer au lac des aspects variés, une physionomie nouvelle. Les abords du barrage présentent un coup d'œil non moins intéressant : d'un côté, les vagues battent incessamment et couvrent d'écume la digue puissante qui retient les eaux, et, du côté opposé, des plantations de sapins et de bouleaux s'élèvent en amphithéâtre jusqu'au pied de la haute muraille, composant une petite scène alpestre des mieux réussies. Quinze épanchoirs, répartis en trois groupes situés à des niveaux différents, percent l'épais rempart et permettent d'abaisser au degré voulu les eaux du lac ; en ouvrant les vannes inférieures, on le met à sec ; les eaux entrainent alors le poisson dans des bassins disposés pour le recevoir et où l'on n'a plus qu'à le ramasser à la truble. La pêche des Settons, adjugée à un fermier, procure, paraît-il, d'assez beaux revenus à l'État. A ses extrémités, le barrage s'enchâsse dans deux collines, entre lesquelles la vallée de la Cure se trouve resserrée. La vue est fort belle du haut de ce viaduc, et l'on aime à y stationner pour admirer, au sud, la petite mer intérieure ; au nord, la vallée pittoresque qui lui fait suite. Je m'y trouvais depuis quelques instants quand, m'étant penché pour en mesurer des yeux la hauteur, je vis avec surprise un merle d'eau s'envoler d'une flaque d'eau et se réfugier un peu plus loin dans une anse de la rivière. Ainsi, mon cher confrère, c'est un fait certain, le Morvan, comme l'Auvergne, comme le Velay, a ses merles d'eau, et c'est avec une vive satisfaction que je constatai, si près de nous, la présence de ce charmant habitant de l'air et des eaux.

Outre les satisfactions du touriste, ma promenade aux Settons me procura quatre beaux porphyres inaltérés, pris dans des blocs détachés par la mine lors de la construction du barrage. Si vous partagiez un peu mes goûts, vous n'hésiteriez pas à venir admirer, dans ma collection, ces spécimens intéressants de nos roches françaises.

A onze heures j'étais de retour à Montsauche, n'y posant qu'un instant pour reprendre Azor et repartant immédiatement en voiture pour Planchez ; j'abrégeais ainsi de six kilomètres mon étape de la soirée. De Planchez, quatre lieues me restaient à faire pour gagner Château-Chinon, et, après mes fatigues d'hier, je crus pouvoir, sans déshonneur, me contenter d'une traite à pied de seize kilomètres. J'arrivai à Planchez juste au moment où l'horloge du village sonnait midi, et j'avais à peine mis pied à terre que passa près de moi, un pain sous son bras, la bonne Lazarette V..., une vétérante de l'armée des nourrices, que, pour ma part, j'ai placée deux fois. J'étais heureux de revoir cette brave femme, et, ma foi, au risque d'être embrassé, ce fut moi, cette fois, qui allai à elle :

« Bonjour, Lazarette, lui dis-je, comment allez-vous?·

— Eh, bonté divine, c'est M. B...! exclama Lazarette ; comment que ça se fait que vous v'là à Planchez, monsieur B...?

— Je suis venu dans le Morvan exprès pour rendre visite à mes anciennes nourrices, Lazarette, et je suis heureux de vous voir. »

Je mentais effrontément en parlant ainsi, mon cher confrère, mais je savais, par ce mensonge, faire plaisir à Lazarette, et effectivement elle parut touchée de mon intention.

« Puisque vous voilà ici, me dit-elle, vous allez déjeuner avec nous ; nous avons tué hier notre porc, et vous mangerez du boudin. »

J'ai toujours professé l'horreur du porc et de ses produits culinaires, et la pensée de manger du boudin me soulevait le cœur. Cependant je n'osai pas désobliger Lazarette par un refus, et je la suivis, en me disant qu'elle me servirait bien quelque autre chose, avec quoi je pourrais faire mon repas. Lazarette me présenta à sa famille, composée de son mari, robuste Morvandiau de cinquante ans, d'un fils d'une vingtaine d'années et de deux fillettes de huit et dix ans. Elle a en outre une fille mariée, et a eu deux autres enfants, morts en bas âge pendant qu'elle nourrissait à Paris. La pauvre femme les pleure encore, mais pourtant ne se plaint pas trop, bien des mères, me dit-elle, ne gardant pas toujours, comme elle, deux enfants sur quatre, quand elles les quittent de bonne heure pour entrer en place. On se mit à table, et, bon gré, malgré, il me fallut dîner avec du boudin et des saucisses, il n'y avait pas autre chose à manger. Je m'armai donc de courage et fis vaillamment raison à ces braves gens, en mangeant leur cochonnaille, arrosée d'une piquette dont l'acidité me convenait aussi peu que la graisse des saucisses; enfin je fis mon devoir, et Lazarette dut être contente de moi.

« Vous ne venez donc plus nourrir à Paris ? lui dis-je en manière de conversation.

— Je suis maintenant trop vieille pour avoir des enfants, répondit-elle ; mais ma fille aînée va accoucher, et vous lui rendriez service en lui procurant une bonne place.

— Mais, Lazarette, répliquai-je, que diront Mmes P..., L..., C..., M..., si je prends des nourrices en dehors de leurs bureaux ? Elles m'accusent déjà de faire concurrence à leurs maisons, et me refuseront dorénavant leurs nourrices, si elles apprennent que je place directement les femmes de leur pays.

— C'est vrai que ça leur fera du tort, dit Lazarette ; mais ces dames sont riches et ont, moins que nous, besoin de gagner.

— Eh bien, Lazarette, faites-moi savoir quand votre fille sera rétablie, je tâcherai de la placer. »

Voilà ce qui fut convenu entre nous, et je lui tiendrai parole ; mais promettez-moi, mon cher ami, de ne pas aller colporter la nouvelle dans les bureaux de nourrices : on ne me le pardonnerait pas.

A deux heures, l'estomac bien bourré de saucisses, je prenais congé de mes hôtes, et cinq minutes après je me trouvais encore une fois seul, avec Azor, mon parapluie et mon marteau, sur les routes du Morvan. Celle de Château-Chinon se tient, dans une partie de sa longueur, sur les collines qui bordent, vers l'est, la vallée de l'Yonne ; aussi l'horizon y est-il assez vaste, et, dès ma sortie de Planchez, je voyais, au sud, la pointe du cône dont la ville de Château-Chinon couvre un des versants. Le pays conserve, de ce côté, la physionomie que je lui avais trouvée la veille vers Gouloux et Saint-Brisson : partout des montagnes arrondies, couvertes de grands bois déjà jaunis par l'automne. Tout est fait pour plaire au touriste dans cette âpre contrée, deux sites pourtant commandent plus particulièrement l'attention entre Planchez et Château-Chinon : la gorge de la Houssière et la vallée de l'Yonne, que la route croise deux kilomètres au-delà de Corancy. La Houssière est un petit affluent de l'Yonne, dont le ravin sinueux, compris entre deux versants boisés, a une direction générale de l'est à l'ouest. Une étroite prairie en occupe le fond et sépare les lisières des deux forêts. Rien de solitaire, de silencieux, de sauvage, comme ce couloir profond, où la neige reste amoncelée jusqu'en mai, les rayons solaires pénétrant difficilement au fond de cette gorge avant cette époque.

A Corancy, l'Yonne coule dans une vallée peu encaissée et relative-

ment large, comme le fait la Cure en amont de Montsauche. Sa source
n'est qu'à quelques lieues de là, et c'est un fait général que cet élargissement des vallées avec diminution de leur profondeur à mesure qu'on
se rapproche du lieu de leur origine. Il est naturel qu'il en soit ainsi :
à leur début les cours d'eau, formés de minces ruisselets, sont encore
trop faibles pour entamer profondément le sol ; c'est plus loin seulement, lorsqu'elle a été grossie par de nouveaux apports, qu'une rivière
peut exercer une action érosive énergique et creuser de profonds ravins. Comme la Cure, l'Yonne sert au flottage et transporte chaque
année des quantités énormes de bois jusqu'à Clamecy et au delà. J'en
trouvai de longs tas alignés sur ses bords près du joli village de Corancy, où elle n'est encore qu'un bien modeste ruisseau.

Après avoir croisé l'Yonne, la route suit une pente ascendante qui,
sauf de légères interruptions, ne cesse qu'à Château-Chinon. Sur plusieurs points de ce trajet elle est ouverte en tranchée dans des porphyres lie-de-vin, empâtant de grands cristaux d'un feldspath plus
clair, que, crainte d'erreur, je m'abstiendrai de désigner par un nom
particulier. Comme le granite, ce porphyre se résout en arène sous
l'action des eaux météoriques ; mais cette arène est plus humide, plus
grasse que celle du granite, à cause de la grande quantité d'argile qu'y
engendre la décomposition du feldspath, et le sol végétal qui en résulte
est aussi plus fertile ; néanmoins, la chaux manquant à ce terrain, les
végétaux qu'on y rencontre, spontanés ou cultivés, appartiennent
encore aux espèces indifférentes ou calcifuges ; on n'y obtient trèfle
et froment qu'en chaulant fortement les terres.

Malgré les ardeurs que je puise dans la vue des montagnes, d'un pays
agreste et sauvage, je dois vous avouer qu'aujourd'hui j'ai traîné un
peu la jambe. Des journées comme celle d'hier ne peuvent se répéter
plusieurs jours de suite sans épuiser les forces, aussi étais-je très
fatigué ; mais, avec des temps d'arrêt sagement calculés, j'effectuai
cependant en un temps assez court mes seize kilomètres de la soirée.
Vous ne sauriez croire comme un peu de repos pris à temps ranime un
homme surmené et le met à même d'aller loin. Quand, à la sensation
de fatigue éprouvée dans l'échine ou dans les jambes, vous avez reconnu qu'il est temps de vous arrêter, ne forcez pas, mon cher ami, ou
vous êtes perdu ; vous exposeriez le succès de votre voyage et peut-
être votre santé. Cédez sans résistance à cet avertissement de la nature ; étendez-vous mollement dans un fossé (bien entendu, s'il est vide ;
pourtant vous pouvez encore vous y mettre s'il est plein d'eau, c'est

affaire de goût), et, dans cette salutaire attitude, méditez pendant un quart d'heure sur l'instabilité des choses humaines ou, mieux encore, sur vos impressions dernières, notez-les, et, si vous comptez publier quelques pages sur votre voyage, votre travail est déjà fait au retour. De cette manière on ménage ses forces, les kilomètres se succèdent, s'additionnent sans trop de peine et, sans y penser, on arrive à la fin de son étape.

Après Corancy je passai à l'Huis-Grillot, gros hameau placé tout auprès de la route. Huis (*porte* pour *maison*, par métonymie : la partie prise pour le tout) est un terme générique qui, suivi d'un nom propre, sert à désigner ici un grand nombre de hameaux. Il est probable que lorsqu'un régime plus stable, le retour de la sécurité après les luttes féodales du moyen âge, eut multiplié les habitations champêtres, on n'eut pas l'idée d'affecter tout de suite à toutes ces maisons neuves une appellation particulière et qu'on les baptisa simplement du nom de leur possesseur. On fut ainsi amené à dire l'Huis-Grillot, l'Huis-Robin, l'Huis-Ramat, l'Huis-Boulard, etc., pour la maison de Grillot, de Robin, de Ramat, de Boulard, etc. Pardonnez-moi, mon cher ami, cette petite dissertation philologique, et continuons notre route vers Château-Chinon. A cinq heures et demie je gravissais la longue rampe qui s'élève vers cette ville et, malgré la chute rapide du jour, je pus encore jouir de la vue qu'on a de cet endroit sur la plaine du Nivernais et sur les vallées lointaines de l'Arroux et de la Loire.

Arrivé à Château-Chinon, j'allai tout droit au meilleur hôtel de la ville, et ce n'est pas sans surprise qu'en entrant dans ma chambre, je vis sur la cheminée un très bel échantillon de porphyre, d'une bonne grosseur, qu'un coup de marteau savamment appliqué paraissait avoir détaché depuis peu. La servante, que j'interrogeai sur la provenance de cette pierre, m'apprit qu'elle avait été laissée par une Anglaise qui, quinze jours auparavant, parcourait le pays pour en visiter les sites et y recueillir des minéraux. Etrange coïncidence, singulier hasard ! convenez-en, mon cher ami. Ainsi, quinze jours avant moi, une étrangère partageant mes goûts, visitant des cascades, cassant des pierres, était passée par Château-Chinon et avait occupé cette même chambre. Impossible de vous décrire l'émotion que me causait un rapprochement aussi extraordinaire ; j'en étais troublé au dernier point et ne cessais d'y penser. « Courageuse Anglaise ! me disais-je ; comme moi, elle voyage avec un parapluie, un marteau, peut-être un Azor ; elle casse des pierres ! Quels traits de ressemblance entre nous ! Noble femme, comme je me sens disposé à l'aimer! Vraiment, je l'aime déjà, je crois. Je donnerai à sa pierre une place d'honneur dans mon musée, avec cette inscription : « Porphyre de la belle Anglaise de Château-Chinon. »

J'en étais là des réflexions attendries que me suggérait la vue de cet échantillon, quand je me sentis piqué vivement à la jambe. Je compris tout de suite de quoi il retournait et, relevant doucement le bas de mon pantalon, j'appliquai un doigt mouillé sur le petit vampire qui s'acharnait sur mon mollet; l'instant d'après je l'avais mis à tout jamais hors d'état de nuire. Rien de plus commun, mon cher ami, qu'une puce dans une chambre d'hôtel ; ordinairement même on en trouve plusieurs. Malgré cela, cette puce m'intriguait ; c'est la première que je rencontre dans le Morvan, et je ne sais quelle préoccupation bizarre me poussait à en chercher la provenance. « Comment se fait-il, disais-je à part moi, que cette puce soit ici ? D'où vient-elle ? Je la trouve dans la chambre de l'Anglaise, serait-ce aussi cette fille d'Albion qui me l'aurait laissée ? Si j'étais sûr que ce fût elle, foi d'accoucheur, elle me le payerait ! C'est que je ne l'aime pas du tout, cette vieille Anglaise, qui oublie bêtement ses minéraux dans les hôtels ; qu'elle me laisse des pierres tant qu'elle voudra, mais des puces, jamais ! »

Je ne tardai pas à me reprocher ma vivacité et la légèreté de mes soupçons ; car quelle apparence que cette étrangère ait laissé exprès pour moi une puce à Château-Chinon ? J'avais cédé puérilement à un mouvement de mauvaise humeur et ne pouvais trop le regretter. Mais voyez, mon cher ami, à quoi tiennent les dispositions de l'esprit et du cœur et combien peu de chose suffit pour les changer : pour une piqûre de puce, une misère, un rien, je passais sans transition de la sympathie la plus tendre à une aversion décidée ; vraiment, je rougissais d'une mobilité de sentiments impardonnable chez un homme de mon âge.

Après une toilette sommaire, je vins prendre place à la table d'hôte, qu'entouraient déjà une douzaine de convives, employés des finances, clercs de notaire, agents du chemin de fer projeté de Château-Chinon à Tannay, plus deux ou trois commis-voyageurs, causant un peu de tout sur ce ton d'assurance « qui n'appartient qu'à cette institution ». Au milieu de ces jeunes gens était assis un petit vieillard grassouillet et rubicond, dont on me conta en quelques mots l'histoire. Ancien professeur de littérature aux lycées de Dijon et de Strasbourg, il habite maintenant Château-Chinon, sa ville natale. C'est un bon vivant, comme l'indique sa face joufflue et colorée ; il est, de plus, mélomane passionné et l'auteur d'une polka que ses jeunes voisins, connaissant son amour-propre naïf de compositeur, s'amusèrent à lui faire solfier pendant le dîner. Rien de comique comme de voir, au milieu du silence général, ce brave homme fredonner sa polka d'un air inspiré et satisfait, en agitant ses doigts sur la nappe comme sur les touches d'un piano : « (*allegro*) la tan ta, la tan ta, la tan ta, (*fortissimo*) broum ! la tan ta, la tan ta, etc. » Il n'a pas moins de goût pour la chansonnette, et au dessert l'assistance le décida sans peine à entamer une chanson destinée à célébrer les exploits d'un buveur émérite. Elle se terminait par ce quatrain, d'un goût douteux, qui vous aidera sans doute à la reconnaître :

> Je veux qu'on peigne sa trogne
> Avec ces vers à l'entour :
> « Il fut le plus grand ivrogne
> Qui jamais ait vu le jour. »

J'ai retenu sans peine ce dernier couplet, qui, tant par le chanteur que par les assistants, fut répété 23 fois ! Il paraît qu'un jour de gaieté, on l'a redit 60 fois !

Tout ce monde dîna consciencieusement, moi seul mangeai peu ; mon déjeuner de Planchez me pesait lourdement, et je pris seulement du potage et un fruit, ce qui ne m'empêcha pas de payer mon écot comme les autres ; car c'est le propre des tables d'hôte d'uniformiser les prix, si elles n'égalisent pas les appétits ; vous pouvez y manger comme quatre ou ne rien prendre, vous donnerez toujours vos 3 fr. 50.

A huit heures nous sortions de table, et tandis que mes compagnons allaient achever leur soirée au café, je me hâtais de gagner mon lit.

Le Haut-Morvan; une carrière de marbre; le mont Beuvray.

L'Échenault, 13 octobre.

Mauvaise nuit, atroce nuit, passée à Château-Chinon, mon cher confrère ; si les puces m'ont laissé en repos, en revanche j'ai eu à subir les tortures d'un cauchemar comme je prie Dieu d'en préserver mes amis et mes ennemis. Quelle chose affreuse qu'un mauvais rêve ! La vie n'est bien souvent qu'un douloureux exil, d'amers chagrins la remplissent, et cependant avec quel soulagement on revient au sentiment de la réalité après ces effroyables visions du sommeil qu'enfante l'acti vité désordonnée du cerveau ! Voici donc, brièvement racontée, l'histoire de mon rêve. Figurez-vous qu'il me ramenait sur terre un siècle après ma mort, pour m'y faire voir l'état de ma famille. C'était absurde et ridicule au dernier point, cette imagination ; il n'y a pourtant pas lieu d'en être surpris ; un cauchemar procède toujours d'un trouble de l'esprit, et on n'en doit pas attendre beaucoup de logique et de raison. Je voyais donc l'état de ma famille cent ans après ma mort. Hélas ! il était aussi triste que possible et bien fait pour affliger le cœur d'un père : ce qui restait de moi sur la terre était représenté par une pauvre femme, mariée à un ouvrier ivrogne et brutal, qui, après dix ans de mauvais traitements et de privations, l'avait abandonnée avec ses quatre enfants. La mère, malade, était hors d'état de rien gagner, et la subsistance quotidienne de ces cinq personnes reposait entièrement sur l'aînée des enfants, une fille de neuf ans, aux membres courbés par la misère, qui s'en allait mendier dans la campagne. Telle, mon cher ami, m'apparaissait ma descendance au bout d'un siècle : une femme abandonnée, malade, des enfants bâves, en haillons, et comme unique pourvoyeuse de cet intérieur désolé, une fille infirme, dont la mendicité formait la seule ressource. Combien différent, ce sort, de celui que mes illusions paternelles m'avaient fait entrevoir !

Vous me direz peut-être que j'avais tort de m'étonner, qu'une femme abandonnée et des enfants sans pain sont chose vulgaire dans les ménages d'ouvriers, que c'est l'histoire même de l'humanité que cette déchéance des familles, et que, pas plus qu'un autre, je n'ai le droit de compter que le ciel en préservera la mienne. Votre observation est trop juste ; néanmoins ces misères, dont la vue chez les autres nous trouve assez stoïques ou se borne à nous émouvoir un instant, font une impression bien autrement profonde et durable quand elles se produisent chez nos enfants ; aussi j'étais navré : « Pauvres enfants, disais-je, comme leur dénûment m'afflige ! Hélas ! je ne suis plus là pour les secourir, j'aurais tant de cœur à travailler pour eux. Qu'ai-je fait, mon Dieu, pour attirer votre malédiction sur ma famille ? Quel crime ai-je donc commis pour mériter de voir les miens réduits à cet excès d'indigence ? Enfin, que votre volonté s'accomplisse, mais qu'il m'est dur d'avoir à m'y soumettre ! »

Tout en faisant ces réflexions attristées, je suivais des yeux l'aînée des enfants, allant de porte en porte recueillir le pain de la charité, quand, arrivée dans la maison d'un forgeron, j'eus la douleur de lui voir essuyer un refus brutal et des coups. « Sors d'ici, sale mendiante,

lui dit cet homme grossier, ou je te mets à la porte de la belle façon.
— Ayez pitié de nous, monsieur, insistait l'enfant; nous sommes quatre petits enfants, et notre mère est malade. — Sors d'ici, te dis-je, ou tu vas avoir affaire à moi. » Et joignant aussitôt l'effet à la menace, il lui lança un coup de pied terrible, qui renversa la pauvre infirme au milieu des chétives provisions qu'elle avait pu réunir.

Cet acte de brutalité, mon cher ami, fit évanouir mes sentiments de résignation; en un instant je redevins homme, la colère me serra la gorge, et m'élançant, dans un transport d'indignation et de rage, sur le misérable qui avait blessé mon enfant, je m'apprêtais à l'étrangler, quand, dans l'agitation et le désordre de cette lutte supposée, je finis par m'éveiller. J'étais dans un état inexprimable de malaise et d'angoisse, les battements tumultueux de mon cœur ne se comptaient plus, je suffoquais, j'étais couvert de sueur, heureux néanmoins de penser que mon affreuse vision n'était qu'un rêve et qu'il m'est encore permis d'espérer, pour ma postérité, un avenir moins sombre que celui dont j'avais eu sous les yeux l'affligeant tableau. Quant à la cause de mon cauchemar, je ne pouvais la méconnaître, et, franchement, je l'avais bien mérité; aussi pourquoi, hier, avoir mangé tant de boudin et de saucisses à Planchez, moi qui ne puis souffrir cette nourriture indigeste? Mais, vous le savez, je n'avais pas voulu affliger la bonne Lazarette, qui m'avait convié de si bon cœur. Au reste, je constate avec chagrin que je suis, dans ces occasions, d'une maladresse sans nom; au lieu d'esquiver par des biais et des faux-fuyants habiles un convivialisme dangereux, je cède de suite, sottement, sans résistance; vous verrez que je m'y laisserai encore prendre. Mais c'est égal, si les repas faits chez mes nourrices doivent me valoir d'autres nuits comme celle-ci, eh bien, vrai, j'aime encore mieux être embrassé par elles et que tout soit fini par là.

A force de m'inonder l'estomac d'eau sucrée, je parvins à accélérer ma digestion, et, remis un peu de mon malaise, je me pris à réfléchir sur l'inconstance de la Fortune, cette capricieuse déesse dont les faveurs sont si passagères que, suivant la remarque des économistes, un patrimoine laborieusement acquis ne profite pas en moyenne à plus de trois générations dans une famille; et parmi tant d'autres causes pouvant amener ce résultat lamentable, il me semblait qu'il faut en accuser surtout la nature, qui fait les incapables, et une mauvaise éducation, qui fait les inutiles. Nous ne pouvons que constater la première de ces deux causes et en déplorer les effets; Dieu dispense à son gré

l'intelligence parmi les hommes, et personne sans doute n'aura l'idée
de lui demander compte de ses préférences à cet égard. Il est au contraire possible d'écarter la seconde cause de ruine par une meilleure
direction donnée à l'éducation de nos enfants et en inculquant de bonne
heure à la jeunesse le goût et l'habitude du travail, préservatif assuré
contre une vie de folies et de dissipation. En regardant attentivement
autour de moi, je crois voir que depuis quelques années notre nation
est en progrès sous ce rapport, que les hommes des classes aisées tra-
vaillent plus généralement et mieux qu'autrefois ; et peut-être n'est-ce
pas se bercer d'une illusion trop folle que d'espérer voir disparaître un
jour cette triste classe des oisifs, qui a déshonoré trop longtemps notre
pays et préparé son abaissement.

La journée commençait mal pour moi, mon cher confrère ; à mon
réveil je trouvais Château-Chinon enseveli dans le brouillard et dans la
pluie. Retenu à l'hôtel par cet affreux temps, j'en profitai pour écrire
quelques lettres et mettre à jour mon journal de voyage. A huit heures
je descendais faire un premier déjeuner et passai un quart d'heure en
tête-à-tête avec mon maître d'hôtel, que j'ai à peine entrevu hier soir.
Ce brave homme est peut-être un très habile hôtelier, mais sur tout le
reste il n'est pas fort. Il justifie bien la réputation que nous nous
sommes faite au dehors, de négliger beaucoup trop les études géogra-
phiques. En fait de régions montagneuses il ne connaît que le Puy-de-
Dôme, et seulement par ouï-dire, car il avoue n'y être jamais allé ; il y
fourre toutes les montagnes qu'on lui nomme ; jugez-un peu : le
Mézenc, *Puy-de-Dôme!* la Lozère, *Puy-de-Dôme !!* le Mont-Blanc, *Puy-
de-Dôme !!!* S'il n'y met pas aussi le Beuvray, c'est qu'apparemment
l'habitude d'y conduire des voyageurs a fini par lui apprendre que cette
montagne est voisine de Château-Chinon. Il est tout aussi peu ferré sur
la physique ; nous causions ce matin des chances de voir le temps s'a-
méliorer dans la journée, et voulant me renseigner sur ce point, il
court me chercher un certain objet indicateur du temps, et l'instant
d'après me rapporte triomphalement un... thermomètre. Enfin, je lui
pardonne : son café au lait était bon et ses côtelettes cuites à point.

A neuf heures, après être allé dix fois à ma fenêtre interroger l'atmosphère, je n'y tenais plus et, sous l'abri de mon parapluie, sortais faire
un tour dans la ville. Un quart d'heure après vous auriez vu dans une
de ses rues les plus fréquentées un homme occupé à en arracher les
pavés, au risque d'un démêlé avec les autorités locales. Ce dépaveur
féroce, que n'avait pu retenir la crainte de Dieu et des hommes, vous

l'avez deviné, c'était moi ; ma vue était tombée sur un beau pétrosilex
vert du Beuvray, qui figurait parmi ces pavés, et je n'avais pu laisser
échapper cette occasion d'enrichir ma collection d'un spécimen qui lui
manquait. Heureusement pour moi, ce pavé était conique et fiché en
terre par sa pointe, de sorte qu'en frappant sur lui, à droite et à gauche
alternativement, je finis par l'ébranler et par le tirèr de son alvéole.
Quelques passants, attirés par l'étrangeté du fait, m'entourèrent bientôt ;
mais, sans leur donner la moindre attention, je continuai ma besogne
avec autant de calme que si j'eusse accompli l'acte le plus légitime.
Aucun d'eux ne hasarda une observation, et bien leur en prit, car la
pluie et ma mauvaise nuit m'avaient rendu maussade et je me sentais
disposé à malmener le maire et le sous-préfet lui-même, fussent-ils
venus en personne me sommer de remettre en place les pavés de leur
bonne ville de Château-Chinon.

Toujours montant une côte rapide, j'arrivai en vingt minutes au sommet du tertre gazonné ou calvaire qui domine la ville. Je me rendais à
cet endroit, espérant y trouver la preuve que le temps allait s'élever ;
je n'y trouvai qu'un vent très fort, chassant une pluie fine et mouil-
lante, au milieu d'un brouillard des plus intenses ; tout objet situé à
plus de vingt pas devenait absolument invisible. Vous jugez de mon
désappointement et de ma douleur ! J'étais placé sur un des plus beaux
observatoires du Morvan, à mes pieds s'étendait une plaine splendide,
ordinairement distincte sur une étendue de 60 lieues carrées, sans
compter les lointains plus vaporeux ; eh bien, par le fait du brouillard,
tout cela m'échappait ; j'étais furieux et redescendis vers la ville, bien
décidé à quitter le pays aujourd'hui même, si la brume n'avait pas dis-
paru à midi. A l'entrée du faubourg je trouvai, tout à côté d'une mai-
sonnette, un tas de grosses pierres, granites et porphyres, m'offrant
une belle occasion d'accroître mon musée de variétés nouvelles de ces
deux roches ; je me mis aussitôt à l'œuvre, frappant sur chaque bloc
jusqu'à ce que j'en eusse détaché un fragment d'une forme et d'un
volume convenables. Je travaillais de la sorte depuis dix minutes, quand,
ayant jeté les yeux de côté, je vis le propriétaire de la maison qui, de
sa porte, m'observait sans mot dire. Je m'empressai de lui demander une
permission dont je m'étais fort bien passé jusque-là : « Vous pouvez tout
prendre, si vous voulez, me dit-il ; ce tas de pierres n'est pas à moi,
c'est à la ville. » C'est bien lui qui, à la sueur de son front, les avait
extraites d'un terrain communal dont on lui avait concédé momenta-
nément la jouissance, mais la ville les vendait et encaissait l'argent. Il

trouvait la chose injuste et n'était nullement pressé de défendre les intérêts d'un propriétaire qui l'exploitait. J'aurais pu lui objecter qu'il avait consenti librement le contrat et dès lors n'avait pas à se plaindre, mais j'étais trop charmé de ses bonnes dispositions à mon égard pour songer à ergoter et je préférai continuer ma récolte de minéraux.

Je rentrai dans Château-Chinon ployant sous le poids de mes pierres, et sentant que je ne pouvais traîner cette charge avec moi dans mon voyage, je me mis en devoir de l'expédier à Paris. Pour cela il me fallait une caisse, mais je n'en trouvai de convenable ni dans les bureaux de tabac, ni chez les épiciers. Je songeai alors aux menuisiers, et j'entrai chez l'un d'eux ; il était absent, mais, à ma demande, sa femme me donna du bois, des outils, et l'instant d'après vous m'auriez vu en manches de chemise, sciant, rabotant et, finalement, confectionnant une boîte solide, dans laquelle j'emballai mes richesses, après quoi je revins à l'hôtel, juste à l'heure du déjeuner. En sortant de table, j'allai encore une fois, sans trop de confiance, vérifier l'état du ciel : ô surprise ! ô bonheur ! La brume compacte qui, une heure auparavant, formait un voile impénétrable, se déchirait en lambeaux, longues traînées flottantes que le vent emportait au-dessus des collines voisines, maintenant découvertes ; le brouillard s'élevait. Sans perdre une minute, je fis atteler, et, à midi et demi, partais pour le Beuvray, par la route de Saint-Léger. Cette route, qui, sur une longueur de 25 kilomètres, traverse la portion la plus pittoresque et la plus belle de tout le Morvan, monte, par gradins successifs, jusqu'à une hauteur de 750 mètres passés, qu'elle atteint sur les crêtes de la Gravelle. On nomme ainsi un gros contrefort qui soutient vers l'ouest le chevet de la chaîne morvandelle, composée d'une agglomération de dômes porphyriques, parmi lesquels figurent ses deux plus hauts sommets, le Préneley (850 mètres) et le Pic-des-Bois-du-Roy (902 mètres). Là, naturellement, les montagnes sont plus élevées, plus abruptes, les gorges plus profondes, l'horizon plus large ; tout grandit dans cette extrémité sud du Morvan ; c'est plus que de la distinction que présente ce pays, c'est de la noblesse, c'est de la grandeur, c'est de la majesté ; oui, mon cher ami, bien qu'il vous semble juste de réserver ce mot pour les Alpes, le Haut-Morvan offre aussi de la majesté dans son ensemble et dans quelques-uns de ses chaînons : majestueux, par exemple, ce groupe de coupoles entassées au nord de Glux et de Saint-Prix ; majestueux, ce mont Genièvre, dans son isolement et sa nudité ; majestueux surtout, ce Beuvray, avec sa large base, ses vastes proportions, la parure d'or de ses forêts.

Tout cela est fort beau, tout cela m'impressionnait vivement et me reprochait en termes énergiques mes défaillances du matin à la vue du brouillard : « Cœur de poulet, ani…al, semblait me dire le Morvan; pour un peu ce riche tableau t'échappait; tu me quittais au bout de quatre jours, négligeant la partie la plus brillante de mon empire; et pourquoi? Pour un peu de brume, qui s'envole aussi vite qu'elle est venue. Sache-le bien, on ne vient pas chez moi ou l'on me visite entièrement. » J'essayai de me justifier, mon cher ami; en vrai Français que je suis, je raisonnai; j'alléguai le temps perdu, l'ennui d'être claquemuré dans Château-Chinon, le souvenir de Mme X..., et de Mme Y..., deux clientes qui attendent impatiemment mon retour, etc. Peine inutile; ce vieil obstiné ne voulut rien entendre : « On reste, on reste, » était sa réponse, et il ne me laissa tranquille que lorsque j'eus promis de ne le quitter qu'après être passé par Autun, Saulieu et Chastellux. Il trouvait bien encore le voyage un peu écourté, pourtant après cela il me laissait partir.

La route qui n'avait cessé de s'élever jusqu'à la Gravelle, s'abaisse ensuite vers le sud en décrivant des sinuosités sans nombre sur le flanc très bizarrement contourné des montagnes. Une de celles-ci est le Préneley, le plus haut pic de cette partie du Morvan, vous ai-je dit. C'est moins une vraie montagne qu'une éminence conique dominant le niveau général de la chaîne. Son relief n'est pas considérable, et on le remarquerait peu, si des mensurations exactes n'avaient appris qu'il dépasse de quelques mètres toutes les hauteurs voisines. Ses flancs et son sommet sont couverts de bois si touffus que, parvenu sur la pointe du cône, on n'y jouirait d'aucune vue qu'en élevant la tête au-dessus du dernier arbre de la forêt. Faisant face au Préneley, se dresse, à 15 kilomètres vers l'ouest, le mont Genièvre, qui, avec 150 mètres de moins, produit bien autrement d'effet, à cause de l'isolement de cette montagne et de son relief au-dessus de la contrée plus basse qui l'environne. Entre les deux montagnes s'ouvre une profonde vallée, où l'on aperçoit, à 300 mètres au-dessous de la route, le village de Villapourçon (*villa porcorum*, comme au temps des Romains; on s'y livre activement à l'élève du porc).

Le mont Beuvray nous apparut dès ce moment, et, à mesure que nous avancions, se dégageait de plus en plus des montagnes situées au nord. Sa masse est énorme, son aspect vraiment imposant. C'est le plus méridional des dômes du Morvan, c'est aussi le plus considérable. De trois côtés il est isolé et domine de 400 à 500 mètres le pays qui l'entoure; au nord seulement sa base le rattache au reste du massif, formant, là, un col dans lequel passe la route de Saint-Honoré-les-Bains à Saint-Léger-sous-Beuvray. Par sa situation, par son volume, par ses rapports avec l'ensemble, il rappelle assez bien la chapelle absidale qu'on trouve surajoutée au chevet de quelques églises. Au Beuvray, comme sur les montagnes précédentes, rien que des bois d'arbres feuillus couvrant les pentes et très vivement éclairés par les rayons du soleil à notre arrivée.

Au hameau du Puy, où j'étais rendu à trois heures, mon digne hôtelier au thermomètre, qui m'avait fait l'honneur de me conduire lui-même, m'assura que, de ce point, j'atteindrais le sommet du Beuvray plus vite que de l'Echenault, où il s'était engagé à me mener. J'étais si pressé d'arriver sur la montagne que, sans discuter son opinion, je me laissai mettre à terre, et retins le premier homme que je rencontrai pour me guider et pour porter Azor. Pendant qu'il s'apprêtait, j'allai, à 200 mètres de sa maison, voir de près une carrière de marbre blanc découverte depuis peu et qui est un des faits géologiques les plus instructifs que m'ait offerts mon voyage du Morvan. Il faut dire aussi que je ne pouvais souhaiter des conditions plus favorables pour l'étudier et me rendre compte de la façon dont ce marbre s'était formé. En effet, l'exploitation n'a pas encore défiguré cette masse cristalline ; on la voit intacte sur une hauteur de 10 mètres et sur 20 mètres au moins de largeur, conservant les formes bizarres, fantastiques, que lui a données la nature. Pour arriver jusqu'au banc et en reconnaître l'importance, il a fallu creuser dans le flanc d'une colline une tranchée large de 5 mètres, profonde de 15, qui fait apparaître dans tout son jour la constitution du sol au sein duquel la masse calcaire se trouve englobée. Rien de plus net, de plus démonstratif, que ce qu'on voit là. Au bout de la tranchée se dresse l'énorme bloc, d'un blanc pur, aux parois relevées de côtes saillantes, creusées d'anfractuosités, et tout hérissé, en dessus, de crêtes tranchantes, de pointes aiguës, irrégulières, contournées, comme en présentent certaines falaises granitiques longtemps battues par la mer et déchiquetées par les vagues. Appliquée immédiatement sur cette blanche masse, on voit une argile noirâtre, schisteuse, indurée, épaisse de plusieurs mètres ; plus en dehors se trouve une zone de porphyre boursouflé, caverneux, auquel succède la même roche, compacte, inaltérée, formée de cristaux d'un beau jaune répartis dans une pâte brunâtre, et l'une des plus belles variétés de porphyre que j'aie rencontrées par ici. Le calcaire enveloppé par ces couches diverses est

un marbre très blanc; très cristallin, très brillant, que la statuaire re-
jettera peut-être à cause de la facilité de ses clivages, mais qui trou-
vera facilement son emploi dans l'architecture et dans les arts. Le banc
paraît fort étendu, car, dès à présent, on en connaît des affleurements
à une assez grande distance de ce premier déblayement.

Maintenant, mon cher ami, par quel concours de circonstances ce
marbre se trouve-t-il déposé dans cet endroit, loin de toute formation
calcaire connue et dans une région où la mer n'a sans doute jamais
pénétré ? D'où viennent ses éléments ? Quel processus l'a fait naître ? Il
est probable que vous ne comprenez rien à tout cela; mais, moi, je le
comprends, et mes amis géologues le comprennent avec moi ; le fait
du reste s'explique aisément. Il est certain que nous sommes là sur
l'emplacement d'un étang, d'un lac, d'un amas d'eau douce rassemblée
dans une dépression du granite. Des mollusques divers y vivaient, y
mouraient, et leurs coquilles vides s'amoncelèrent peu à peu au fond
du lac, comme la chose a lieu de nos jours dans les étangs et dans les
lacs. En outre, des sources thermales comme celles de Saint-Nectaire
et de Clermont-Ferrand, y apportaient des sels de chaux dissous à la
faveur de l'acide carbonique et bientôt précipités par le dégagement de
ce gaz. Des couches épaisses de calcaire terreux s'étaient de la sorte
amassées dans la cuvette quand des flots de porphyre brûlant sont
venus dessécher le lac et cuire, sous une haute pression, les matières
qui le remplissaient, transformant les limons en schistes argileux, et le
calcaire en marbre cristallin, comme dans l'expérience célèbre de Halle.
C'est là un exemple des moins contestables et des plus typiques du
métamorphisme, c'est-à-dire des changements que des actions physico-
chimiques impriment à la nature primitive des roches, et par suite desquelles le granite devient du gneiss, le calcaire magnésien se transforme
en dolomie, la sidérose et la pyrite de fer en limonite, l'anhydrite en
gypse, les calcaires compacts et terreux en marbre saccharoïde, etc.

Pendant une longue suite de siècles ce marbre est resté enfoui sous
les couches éruptives; mais, à la fin, l'atmosphère, grâce à la puissance
de ses agents, a désagrégé, entraîné, ce revêtement porphyrique, et
plus tard l'homme, mis en possession de la terre, a senti le choc de sa
charrue arrêté par une roche solide, qui, mise à découvert, est apparue
avec des caractères insolites faits pour éveiller son attention et provo-
quer son examen. C'est, en effet, le hasard qui, comme toujours, a fait
découvrir ce gisement de marbre ; si ce n'est la charrue, c'est la pioche
d'un ouvrier ouvrant un fossé au bord d'une route. Un premier obser-

vateur reconnut la nature calcaire de cette pierre blanche et la possi-
bilité d'en tirer de la chaux, présomption bientôt confirmée par des
essais de calcination faits chez M. le comte d'Aboville, à Glux. Une
deuxième personne, frappée de la beauté de ce calcaire, jugea que sa
vente comme marbre donnerait plus de bénéfice que sa cuisson, et fit
opérer le déblayement que j'ai vu ce soir pour vérifier l'importance du
dépôt ; son épaisseur ayant été jugée suffisante pour motiver une
exploitation en règle, une société se forme dans ce but actuellement.
L'affaire en est là ; si vous voulez y mettre des fonds, on les recevra;
moi, je prendrai volontiers quelques actions rien qu'à cause du plaisir
que m'a procuré la vue d'une chose si propre à réjouir le cœur d'un
géologue.

De retour au hameau au bout d'une demi-heure, je trouvai mon guide
botté, chargé d'Azor, et, sans perdre une seconde, je m'élançai sur
ses pas vers le Beuvray. De l'endroit où j'étais, on ne peut l'aborder
qu'en traversant une étroite vallée qui cerne, vers l'ouest, le pied de la
montagne et qui n'a pas moins de 100 mètres de profondeur ; ce sont
donc 100 mètres dont s'est accrue mon ascension, et je le regrettai
pour mes jambes et pour le temps perdu, mais impossible de faire
autrement. En somme, du fond de la petite vallée dont j'ai parlé, ce
sont 400 mètres passés d'altitude qu'il m'a fallu gravir pour atteindre le
point culminant du dôme, et cependant en une heure, pas plus, ces
400 mètres étaient franchis. Mais quelle course furibonde ! On ne peut
s'en permettre qu'une seule par semaine ; deux courses semblables
vous tueraient sûrement. Mon guide, me sachant pressé d'arriver sur
la montagne, me la fit escalader en ligne droite ; si d'aventure le sentier obliquait, vite on coupait à travers bois pour se tenir constamment
dans la normale. Ce guide était un grand Morvandiau efflanqué, rappelant tout à fait ces araignées de jardins nommées vulgairement *faucheux;* il en avait les jambes longues et grêles ; ses enjambées mesu-
raient au moins $1^m,20$, et comme les miennes sont de 80 centimètres
au plus, il s'ensuit qu'il me fallait faire trois pas pour égaler deux des
siens, c'est-à-dire marcher très vite et cela sur une pente de 25 degrés
d'inclinaison ; aussi je fus bientôt rendu, mais l'amour-propre m'empê-
chait d'en rien laisser voir. Quand je me sentais à bout de forces, je
m'arrêtais devant une pierre quelconque, paraissant l'examiner avec
grande attention, la brisant ensuite à coups de marteau et en ramas-
sant les morceaux, que je laissais tomber derrière moi un peu plus loin.
Je me ménageais de la sorte de petits temps de repos, qui me faisaient

grand bien, quoiqu'ils eussent duré trop peu à mon gré. Parvenus aux trois quarts de la montée, effectuée constamment sous bois, nous rencontrâmes la fontaine de Saint-Martin, dans laquelle le saint s'est certainement désaltéré pendant son passage au Beuvray. Ce fut l'occasion d'une pause que je bénis intérieurement, mais mon faucheux morvandiau repartit au bout de cinq minutes et, après une nouvelle course échevelée d'un quart d'heure, débouchait sur le mamelon gazonné qui couronne le Beuvray. Je me laissai choir sur l'herbe, complètement épuisé ; il était alors quatre heures et demie. Je venais d'accomplir un tour de force ; en une heure j'avais fait 4 kilomètres sur un versant des plus rapides et franchi 400 mètres de hauteur ; or, vous le savez, dans les Alpes, on calcule qu'un marcheur ordinaire s'élève de 200 mètres par heure ; c'est donc le double que j'avais fait dans le même laps de temps.

Quand je pus me remettre sur mes jambes, mon premier soin fut d'aller admirer, sous les rayons du soleil couchant, l'immense étendue qui se déroule au sud du Beuvray ; et d'abord une riche plaine parcourue par l'Arroux, sillonnée par le chemin de fer d'Autun à Nevers, au-delà de laquelle de hautes collines masquent l'usine du Creusot, dont l'emplacement est indiqué par les traînées de fumée qui zèbrent le ciel dans cette direction ; puis, tout le plateau de Saône-et-Loire, les montagnes du Charolais, la vallée de la Loire vers Bourbon-Lancy, et au delà, des lointains vaporeux insondables pour l'œil, au sein desquels la chaîne du Forez et le Puy-de-Dôme apparaissent par un temps clair. Cette immensité captive le regard, et le mien y resta obstinément attaché jusqu'au moment où les ombres du soir ramenèrent progressivement ma vue aux premiers plans du tableau.

C'est alors seulement qu'en regardant à mes pieds, je m'aperçus que j'étais dans Bibracte, importante forteresse du pays des Eduens, dont parlent Jules César et Strabon. Pour l'instant, l'emplacement de Bibracte ne s'accuse que par un peu de terre remuée, vestige des fouilles entreprises par M. Bulliot, président de la Société éduenne de Châlon-sur-Saône. Comme après chaque fouille la tranchée est aussitôt comblée, les traces du vieil oppidum gaulois sont aussi frustes que possible. Malgré cela, je suis très fier de ma soirée, car, que vous le vouliez ou non, je suis allé aujourd'hui à Bibracte et vous pas ; attrapé, mon gros !

Saint Martin, évêque de Tours, vint évangéliser le pays et passa au Beuvray en 376. On a voulu consacrer le souvenir de son séjour sur la

montagne par la construction d'une petite chapelle et par l'érection
d'une belle croix grecque en porphyre du pays, dont le piédestal porte,
sculptée en bas-relief, la scène légendaire du saint à cheval, divisant
son manteau pour en couvrir un pauvre. Eh bien, croiriez-vous que,
pendant les manœuvres d'automne faites au Beuvray en 1876, nos fan-
tassins ont trouvé plaisant de prendre ce monument pour cible et ont
criblé de balles le bas-relief, brisant le bras du saint, la tète du cheval,
et endommageant ce morceau en plus de vingt endroits ? Vous m'en
voyez indigné. « Espièglerie de troupier », direz-vous ; je le veux bien,
pourtant j'aurais préféré voir nos troupiers manifester leur esprit d'une
autre manière : fusiller l'effigie de saint Martin, un soldat comme eux !
L'idée n'est pas riche ; enfin, passons.

A six heures, l'air se faisait sombre, même au sommet du Beuvray ;
je n'avais plus rien à y voir ; je quittai donc Bibracte, et comme je ne
pouvais atteindre de jour le village de Saint-Léger, je me décidai à
coucher à l'Echenault, hameau situé sur le bord de la route, tout au
pied de la montagne ; j'y étais rendu vers les sept heures.

**[Encore le Beuvray ; Saint-Léger-sous-Beuvray ; Étang ; Marmagne ;
une visite au Creusot.**

Autun (Saône-et-Loire), 14 octobre.

Journée consacrée tout entière à la géologie et à l'industrie et dont
le récit, j'en ai bien peur, vous paraîtra ennuyeux comme les pierres
et la ferraille qui m'ont occupé aujourd'hui. S'il en doit être ainsi, je le
regretterai, mais vous me le pardonnerez, mon cher confrère, je suis
bien obligé de vous raconter ma journée comme je l'ai faite.

Au point du jour je partais à pied pour Saint-Léger-sous-Beuvray,
d'où je comptais me rendre en voiture à la gare d'Etang et de là au
Creusot, après avoir fait une pause à Marmagne. J'eus d'abord à con-
tourner le flanc du Beuvray par un trajet de 4 kilomètres fait au milieu
des grands bois qui couvrent de tous côtés ce colosse de porphyre.
Ces bois ont en ce moment un aspect superbe avec leur frondaison
déjà parée des plus riches couleurs automnales : toutes les nuances du
bistre, du jaune, de l'orangé, se mariant harmonieusement sur la feuille
des chênes. Çà et là on voit la forêt resplendir d'un éclat plus vif ; ce
sont le griottier et l'alisier qui l'embrasent par places de leurs teintes
de feu ; leurs tètes, d'un pourpre éclatant, flamboient au milieu des

autres arbres comme autant de fournaises prètes à confondre les pentes du Beuvray dans un formidable incendie. C'est admirable d'effet, et la beauté de ce poétique tableau me pénétrait d'autant plus fortement que, pendant près de trente ans, j'en ai été complètement sevré.

Ces bois du Beuvray s'exploitent par la méthode du furetage et à de longs intervalles, à cause des difficultés et des frais énormes de l'exploitation. Le transport des coupes aux rivières de flottage s'effectue uniquement par des bœufs qui, sur les versants nord de la montagne, ne peuvent descendre leur charge sur la route que par le chemin de l'Echenault. Pour qui a vu le Beuvray, c'est un tour de force incompréhensible que de faire mouvoir sur ces pentes une voiture chargée, et l'on ne sait ce qu'on doit admirer le plus, de l'adresse du conducteur ou de la puissance et de la docilité de l'attelage. Celui-ci se compose de bœufs blancs, blonds ou encore roux ; cette dernière robe est très générale dans le Morvan pour les bœufs indigènes, et les animaux de travail blancs qu'on y voit ont tous été importés du Nivernais, où la race charolaise prédomine aujourd'hui.

Ma course de ce matin m'a rendu témoin d'un très bel effet de lumière produit par le lever du soleil. Au pied du Beuvray s'ouvre, vers l'est, une large vallée, qui s'étend au loin dans la direction d'Autun, vallée alors barrée par des plans parallèles de nuages bas, entre lesquels les rayons solaires se trouvaient en quelque sorte tamisés, pour, finalement, venir s'abattre sur les vapeurs du sol, transformées par là en une poussière d'or. Encore un beau spectacle dont j'aurais été privé si j'avais voulu gagner de nuit Saint-Léger. C'est une faute grave pour un touriste de voyager, la nuit, en montagnes, et je me promets bien de ne jamais le faire, sauf par un beau clair de lune.

En approchant de Saint-Léger le pays se découvre, les collines sont moins élevées et plus nues, le granite recommence à paraître et plusieurs gros rochers dont je voyais les pointes émerger du sol appartiennent à cette roche. C'est elle sans doute qui rend le pays moins fertile que plus haut et multiplie les châtaigniers dans la campagne ; pourtant le porphyre n'en est pas complètement banni, et j'en ai recueilli une très belle variété brune, identique au porphyre du mont Ajoux, que j'avais souvent admiré dans les musées publics. Du reste, le géologue, chez moi, n'a pas chômé dans cette traite du matin ; il a trouvé largement à s'exercer sur des monceaux de roches variées amenées des environs pour l'empierrement de la route. Beaucoup de ces blocs portaient la trace toute fraîche de coups de marteau, et c'était toujours aux plus intéressants qu'ils s'attaquaient. Il est évident qu'un connais-. seur m'a précédé de quelques jours sur cette route et en a interrogé les matériaux. Si c'était ma vieille Anglaise? Non, ma belle Anglaise, car il est impossible qu'elle ait l'âme assez noire pour m'avoir laissé une puce à Château-Chinon; qui sait? Je vais peut-être la rejoindre et pouvoir lui exprimer toute l'admiration et la sympathie qu'elle m'inspire. Oui, mon cher ami, j'admire sincèrement cette étrangère, parcourant seule notre pays pour en connaître les beautés et en étudier les minéraux. Quelle initiative, quelle fermeté, quelle constance, dans ce caractère britannique, qu'aucune difficulté n'effraye, qu'aucun obstacle ne rebute, qu'aucune défaite n'abat! Combien, chez nous, trouverez-vous de femmes qui soient disposées à s'en aller, un marteau à la main, explorer les montagnes du pays de Galles ou du Cornouailles? Cependant, soyons juste, il en existe; j'en connais deux, alpinistes résolues et femmes de mérite; elles en auraient davantage à mes yeux si elles s'adonnaient un peu plus à la géologie.

A mesure qu'on s'éloigne du Beuvray, on en saisit mieux l'ensemble et l'on apprécie bien ses proportions, ses formes et son relief. Quelle masse imposante que ce dôme de porphyre, dont la base n'a pas moins de 25 kilomètres de tour! Je vous l'ai dit, il domine le pays environnant de 300 mètres seulement vers le nord, mais de 400 à 500 mètres vers le sud; aussi, malgré sa faible altitude (810 mètres, suivant les uns; 860 mètres, disent les autres), est-il relativement aussi élevé que le Gerbier-de-Joncs et le Puy-de-Dôme, qui n'ont guère que 500 mètres de plus que le plateau sur lequel ils sont assis. Ses flancs, ravinés incessamment par les eaux, sont sillonnés de plis et de gorges séparés par des côtes saillantes qui s'inclinent au loin vers la base, comme autant d'étais destinés à soutenir la masse centrale. De tous côtés des forêts couvrent ces pentes. C'est un ensemble très grand et très beau, c'est le site dominant du Morvan, c'est le roi de ces montagnes; il ne faut pas manquer d'aller lui rendre hommage quand on vient dans le pays.

Avant huit heures j'étais arrivé à Saint-Léger-sous-Beuvray, dont les maisons espacées encadrent une grande place triangulaire. Pendant la courte apparition que j'y fis, j'eus encore le temps de me prendre au collet avec trois nourrices de ma connaissance, mais le cas est si fréquent que maintenant je n'y fais plus trop attention et considère la chose comme une des petites misères inévitables de mon voyage. Comme compensation à ce léger désagrément, je trouvai, sur la place de Saint-Léger, des quartiers de roches amenés là pour la bàtisse et dont plusieurs étaient traversés par des filons de fluorine verte ou violette, où je puisai toute une série de beaux échantillons ; je signale en passant ce gisement à messieurs les amateurs de minéraux.

Pendant qu'un aubergiste du village apprêtait sa voiture, j'avalai lestement une tasse de café au lait et à huit heures je partais pour Etang. La route me fit passer devant deux belles propriétés situées à peu de distance de Saint-Léger et qui prouvaient combien, dans un pays granitique, il est facile de créer à peu de frais un ravissant cottage. Pour cela vous choisissez un vallon arrosé par un ruisseau (ils abondent dans ces contrées et vous n'avez que l'embarras du choix) ; des roches, jetées en travers du torrent, font du même coup une pièce d'eau et une cascade ; près des rives vous plantez des massifs de chênes, entre lesquels serpenteront quelques allées ; enfin, dans le point le plus favorable à la vue, vous élevez un chalet et vous vous trouvez possesseur d'une résidence pittoresque comme, dans la plaine, vous n'en formerez jamais, même avec les plus grandes dépenses. Parlez-moi du granite pour la beauté et la variété des sites ; nulle part le paysage n'est aussi mouvementé, aussi agreste et aussi agréable que là. Je ne tardai pas à quitter le granite pour entrer dans la grande plaine alluviale parcourue par l'Arroux, rivière dont j'atteignais les bords à neuf heures et demie, juste au moment où un train partait d'Etang pour le Creusot ; j'y montai et une demi-heure après m'arrêtais à Marmagne. Comme vous le voyez, mon cher ami, je n'ai guère perdu de temps depuis ce matin, six heures. Cette suractivité est fatigante, j'en conviens, mais il faut aller vite si l'on veut voir beaucoup en peu de temps.

Marmagne est une petite station du chemin de fer d'Etang à Montchanin. Ce village, situé dans la vallée du Mesvrin, n'offre, en lui-même ou par sa position, rien de remarquable, et je m'y rendais, attiré uniquement par la variété des minéraux et des roches qu'on y trouve dans des carrières ouvertes au milieu des pegmatites. C'est peut-être, sous ce rapport, le point le mieux partagé de tout ce département de Saône-et-Loire, si abondant en richesses minéralogiques de tous genres. En l'espace de deux heures j'y pus recueillir les espèces suivantes : trois granites porphyroïdes variés, quartzites jaune et rouge, argile micacée servant aux fours du Creusot, chaux fluatée cubique, tourmaline cristallisée, pegmatite avec mica blanc et tourmaline, quartz et mica argentin, émeraude dans le quartz gris avec mica blanc et feldspath décomposé, émeraude prismatique, amphibolite, pegmatite graphique, quartz hématoïde et sulfate de baryte avec quartz cristallisé. Vous voyez si cette localité de Marmagne a été richement dotée par la nature et quelle abondante moisson elle réserve aux recherches du géologue. Retenez bien tous ces noms, mon cher confrère, et faites-en part aux collectionneurs de votre connaissance.

A une heure un nouveau train m'enlevait de Marmagne, avec mon stock de pierres, et un quart d'heure après me déposait au seuil de ce monde de cheminées, de machines et de travail qui s'appelle *l'usine du Creusot*. Je comptais sur mes vêtements neufs pour m'y faire admettre avec les égards dus à mon rang, mais je m'aperçus de suite que, malgré la dépense d'un costume très chic, je n'ai pas encore réussi à me donner l'air d'un monsieur. Effectivement, le concierge de l'établissement, après m'avoir toisé un instant du fond de son fauteuil, me dit d'un ton de supériorité bienveillante : « Revenez à deux heures, *mon ami.* » Ce langage suffisant fut pour moi un désappointement cruel, car j'attendais mieux de ma tenue cette année. J'ai pourtant une mise élégante de touriste en excellent drap anglais (qui m'a bien coûté 180 francs ; je vous confie en passant ce détail, mon cher ami), mais, je le vois maintenant, ce sont mes extrémités qui me déparent et nuisent à mon prestige ; ce sont mes gros souliers en cuir jaune, à clous, c'est surtout ma tête hirsute, qui font tout au plus voir en moi un garde-chasse ou un petit contre-maître dans une usine de troisième ordre. Enfin, c'est une nouvelle humiliation qu'il me faut dévorer en silence, mais je saurai la supporter ; vous le savez, je suis un peu philosophe.

Je profitai de cette heure d'attente pour aller déjeuner dans un hôtel du voisinage, et, à deux heures, je me présentais de nouveau à l'usine, où je trouvai une douzaine de personnes réunies dans le salon des visiteurs. Par mesure d'ordre et pour ne pas avoir à promener des étrangers du matin au soir, on n'est admis à voir l'usine qu'une fois par jour, à deux heures exactement ; tant pis pour vous si vous êtes en retard, votre promenade est remise au lendemain. La visite, du reste, se fait très complètement sous la direction d'un employé préposé à ce service. J'eus la bonne fortune que, parmi mes compagnons, se trouvât une famille amie d'un jeune ingénieur du Creusot, qui nous guida et nous fournit des renseignements que je ne pouvais attendre d'un employé subalterne. Nous commençâmes notre tournée par la houillère, placée presque au centre de l'établissement, en face de la gare du chemin de fer. C'est de là qu'on tire, en partie du moins, le combustible nécessaire, la houille, qui a fait éclore le Creusot, qui lui donne encore la vie, en produisant la force qui met en mouvement toutes ces machines.

Toutes les cinq ou six minutes, un immense treuil, actionné par la vapeur, amène au jour, en une minute, et d'une profondeur de 250 mètres,
une lourde banne de charbon de terre, que des femmes trient, lavent,
puis mettent en tas, presque aussitôt absorbés par les différents services. Les produits de la houillère, bien que fort abondants, sont encore
très inférieurs aux besoins de l'usine, et l'on doit tirer du dehors une
partie notable de sa consommation. Ce qui m'a le plus frappé dans mon
passage à la houillère, c'est une merveilleuse organisation du travail,
où tout est calculé avec une précision admirable pour tirer, de la force
mécanique et des bras, la plus grande somme possible de résultats ;
pas le moindre temps perdu, les diverses opérations de l'extraction se
succèdent, s'enchaînent avec une régularité mathématique, sans que
jamais un retard apporté dans l'une d'elles vienne causer le moindre
trouble dans la marche de l'ensemble. Naturellement je n'ai pu quitter
la houillère sans mettre dans ma poche un échantillon du précieux minéral et des roches qui l'accompagnent ; l'industrie ne pouvait me faire
oublier la géologie.

A quelques pas de la houillère s'élèvent les bâtiments de la forge, et
on nous y fit entrer. Rien d'émouvant comme la vue de ce travail de
cyclopes. Des fours ardents s'ouvrent sur le côté d'un vaste hangar, au
centre duquel s'alignent des marteaux-pilons dont le plus considérable
ne pèse pas moins de/66 000 kilogrammes ; vous en avez vu, mon cher
confrère, le *fac-simile* à la dernière exposition universelle des produits
de l'industrie. De puissantes machines saisissent des pièces de fer ou
d'acier deux fois grosses comme notre corps, longues de dix mètres,
les portent dans les fours et les ramènent, assouplies par le feu, sous
les lourds marteaux, qui, par leur chute, les aplatissent, les allongent,
les courbent, leur donnent la forme et les dimensions voulues pour en
faire des arbres de couche, des tiges d'hélices, des jambages de machines, des essieux et des roues de wagons, etc. Un enfant, une simple
corde à la main, commande au monstrueux pilon, qui tombe, se relève,
tombe encore, écrasant le fer rougi, qu'on voit céder au milieu d'une
pluie d'étincelles. Impossible de mieux voir que là à quel point l'homme
s'est rendu le roi de la matière et sait la faire plier docilement à sa volonté, l'assujettir à ses besoins.

La disposition des services de l'usine nous conduit ensuite dans les
ateliers de chaudronnerie. Là, mille coups de marteaux aplatissent la
tôle, l'excavent, la cintrent, mais en même temps vous assourdissent.
Cinq cents à six cents ouvriers assemblent les immenses lames de métal

en puissants générateurs tubulaires, en chaudières, en récipients de
toutes formes et de toutes grandeurs. Nous traversons ces longs han-
gars au milieu d'un tapage d'artillerie et nous arrivons vers les hauts-
fourneaux juste au moment où l'on opère une coulée de fonte. Le métal
en fusion s'agite dans les creusets, on lève la trappe qui le retient,
aussitôt il s'élance impétueux, éblouissant, dans des moules de sable,
s'étale dans mille cases bien nivelées, où on le voit s'éteindre en pre-
nant la forme de lingots, bientôt après transformés en fer doux ou en
acier. Cette partie de notre promenade est celle qui me cause le plus
de jouissances. Là je rentre dans la géologie ; avec un peu de bonne
volonté et une certaine faculté d'illusion je me crois transporté en face
d'un volcan ; j'en vois la lave brûlante sortir du cratère, s'étaler sur ses
flancs, glisser dans les vallées, se mouler dans les dépressions du sol,
etc. C'est déjà très beau, vu de jour, ce spectacle, mais combien plus
saisissant, plus éclatant, si j'avais pu en jouir de nuit ! La nuit, c'est le
vrai moment pour voir le Creusot ; tout grandit, à cette heure, dans
le fonctionnement de cet immense laboratoire ; les ténèbres du dehors
font ressortir l'intensité des feux, les torchères des cheminées, l'embra-
sement des fournaises, l'étincellement des forges, l'éclat de la fonte en
fusion, et déterminent de magiques effets d'ombre et de lumière, qui
frappent les yeux d'étonnement, l'esprit d'épouvante. C'est un spectacle
très émouvant, qu'il ne m'a pas été donné de voir, et un regret bien vif
que j'emporte de ma visite au Creusot.

Tout auprès des hauts-fourneaux se trouve un grand bâtiment devant
lequel nous nous arrêtâmes un instant ; il est interdit au public d'y pénétrer. Là se fabrique l'acier Bessemer, un des plus grands progrès de
la métallurgie ; vous en avez certainement entendu parler, mon cher
ami. Depuis des siècles on fabriquait l'acier en petite quantité, à grands
frais, par les deux méthodes du pudlage et de la cémentation, lorsque,
vers le milieu du siècle, un ingénieur anglais, Bessemer, trouva le
moyen de l'extraire directement de la fonte, par la combustion des
principes étrangers à la composition de l'acier. En faisant passer, sous
une haute pression, un fort courant d'air ou de gaz d'éclairage à travers la fonte liquide, on brûle d'abord le manganèse, le silicium et le
carbone en excès dans le fer ; on absorbe ensuite, au moyen d'un enduit
particulier des creusets, le soufre et le phosphore qui restent dans la
masse, et, en ajoutant à celle-ci une proportion déterminée de fonte
blanche, on obtient du premier coup un fer aciéreux propre à une foule
d'usages et dont on fabrique des milliers de kilogrammes à la fois. Nous

n'attendîmes que quelques instants devant le bâtiment en question pour voir une longue flamme, d'un éclat insoutenable pour l'œil, sortir en rugissant d'un convertisseur, cylindre horizontal, qui s'incline alternativement à droite et à gauche pour imprégner le bain de fonte par le courant énergique de gaz qui doit brûler ses impuretés ; les deux jets de flamme que nous avions vus sont les produits de cette combustion.

De nombreuses voies ferrées, d'un développement total de 50 kilomètres, relient entre elles les différentes parties de cette immense usine, qui ne couvre pas moins de 22 hectares de terrain et fournit du travail à près de 14 000 ouvriers. De longs trains circulent incessamment sur ces voies, transportant d'un point à un autre le charbon, le fer, les produits manufacturés, les divers résidus de fabrication. 16 locomotives, 950 wagons de toutes formes et de toutes dimensions sont affectés au service de ce chemin de fer privé. Les transports à l'intérieur de l'usine sont si nombreux, si importants, qu'ils ne peuvent se faire d'une autre manière ; c'est un va-et-vient perpétuel de locomotives sifflantes, ronflantes, comme dans une gare de chemin de fer, et dont, à chaque instant, l'on a à se garer.

Depuis deux heures notre caravane défilait de bâtiment en bâtiment et arrivait au terme de sa tournée, qui finit d'ordinaire par les ateliers de construction. Vous n'attendez pas de moi que je vous relate tout ce qui s'y fait ; toutes les pièces métalliques s'y fabriquent, depuis les simples revêts jusqu'aux machines à vapeur les plus puissantes. C'est encore une heure que nous passâmes dans cette partie de l'usine, en sorte qu'il était près de cinq heures quand nous en sortîmes. Pour moi il n'était que temps : trois heures d'attention soutenue, de marche, de piétinements sur place, m'avaient brisé, et je fus heureux de trouver un banc où m'asseoir et rassembler mes idées sur tout ce que je venais de voir. Le Creusot, mon cher ami, offre un développement vraiment colossal, et ses fondateurs ont de bonnes raisons d'en être fiers, car ils ont obtenu un succès sans précédent. Ils ont créé un établissement unique au monde ; non pas qu'on ne trouve ailleurs, en Angleterre et en Amérique, des maisons qui fournissent, chaque année, une somme égale de produits manufacturés ; mais il n'en est aucune qui nous présente, sur une aussi vaste échelle et réunies d'une façon aussi complète, les opérations diverses de la métallurgie et des arts. Le Creusot est tout à la fois mineur, maître de forges, fondeur et constructeur ; il emprunte au sol les matières premières, charbon et minerai, produit la fonte, la convertit en fer et en acier, donne à ces matières leurs pre-

mières formes industrielles, puis en tire les objets fabriqués sans nombre adaptés aux besoins d'une civilisation avancée et d'une grande
nation. C'est complet, et, je le répète, cet ensemble du travail du fer,
d'autres métaux encore, on ne le voit représenté nulle part aussi largement, aussi bien que là. Cet essor merveilleux imprimé à un seul établissement par des hommes actifs et d'une grande intelligence, a créé
une ville de 23000 habitants, étendu le renom industriel de notre pays,
accru au loin le prestige de la France. Honneur aux Schneider, qui ont
su par là bien mériter de la patrie ! N'est-il pas triste de penser qu'à
une époque encore récente, le créateur éminent d'un aussi magnifique
ensemble s'est vu insulté, maltraité, par les représentants de ce parti,
ennemi de tout succès, de toute supériorité, qui fusille des philan-
thropes comme Bonjean et Deguerry, de braves généraux comme
Lecomte et Clément Thomas, et dans les rangs duquel des hommes
d'une belle intelligence, d'une grande situation, mais aussi d'une insa-
tiable ambition, ne craignent pas de s'égarer, pour conspirer, avec la
partie la plus abjecte de la nation, contre une société qui a fait d'eux
ses élus ?

Mais, si belle que soit l'œuvre des Schneider au point de vue maté-
riel, elle me paraît tout aussi remarquable au point de vue moral. Ce
que j'y admire le plus, c'est cette préoccupation constante de leur part
d'élever l'intelligence et le cœur des ouvriers par les influences mora-
lisatrices de l'instruction, de la religion et de l'épargne. Deux églises
ont été successivement élevées près de l'usine, des écoles instruisent
gratuitement plus de 3 000 enfants, les économies de chaque ménage
trouvent immédiatement un placement avantageux dans une caisse d'é-
pargne, qui les fait fructifier et assure, avec le temps, l'indépendance
des familles laborieuses. Ce système a pour effet d'unir patrons et ouvriers par les liens étroits de l'intérêt, de stimuler le zèle de ceux-ci
pour le succès de l'entreprise commune, et de leur inspirer de l'atta-
chement et de l'affection pour une maison qui non seulement leur
donne le pain de chaque jour, mais leur assure pour l'avenir le bien-
être et l'aisance. Aussi les rapports de la population ouvrière et de la
direction n'ont-ils pas, au Creusot, ce caractère d'antagonisme et
d'hostilité qu'on rencontre dans d'autres maisons, et si une grève y a
éclaté, une seule, elle a eu pour cause, non l'insuffisance des salaires,
qui ont toujours suivi une marche ascendante, mais des excitations
extérieures, dont la réflexion et le bon sens du plus grand nombre
ont fait promptement justice. La famille Schneider est non seulement

respectée au Creusot, mais encore aimée; encore une·fois, honneur
à elle !

Après un repos d'un quart d'heure j'allai faire un tour dans la ville,
qui couvre la colline située au sud de l'usine. C'est une cité toute récente et bâtie à la hâte; je n'y ai vu qu'une seule maison en pierres,
tout le reste est en platras et de facture fort légère. Les seuls monuments qu'on y voie sont les deux églises, dont l'une, celle d'en bas, la
plus récente, est d'une architecture fort élégante. Auprès de l'autre
s'étend une place sur laquelle s'élève la statue d'Eugène Schneider,
l'auteur véritable de la prospérité du Creusot. L'ancien président de la
Chambre des députés est représenté en pied, debout, tenant à la main
un plan de son usine, avec l'expression d'un noble orgueil satisfait. Sur
le socle en marbre blanc qui supporte la statue, se détache fortement
un groupe en bronze de grandeur naturelle, dont la composition ne
saurait manquer d'impressionner vivement parce qu'une belle et noble
pensée l'a inspirée. Une ouvrière du Creusot, assise, a la main étendue
vers Schneider, qu'elle montre à son fils. L'enfant, debout, appuyé sur
un instrument de son travail, écoute les paroles de sa mère : « Regarde,
semble lui dire celle-ci, voilà le fondateur d'une maison qui fait vivre
14 000 d'entre nous ; il fut notre ami, notre père, apprends à honorer
sa mémoire. » Allez voir, mon cher ami, l'expression de gratitude ré-
pandue sur le visage de cette femme, la gravité de l'enfant qui écoute,
vous en reviendrez ému et convaincu que ce bas-relief fait le plus grand
honneur au talent et au cœur de M. Chapu.

Ma visite à l'usine, en se prolongeant bien au-delà du temps prévu,
m'imposa le sacrifice d'une course géologique qui cependant me tenait
fortement au cœur. J'avais, en effet, projeté d'aller aujourd'hui au hameau des Ecouchets, à 5 kilomètres du Creusot, sur la route de Couches, pour recueillir quelques morceaux de ce bel oxyde vert de
chrome qu'on trouve disséminé en larges veines dans les arkôses lia-
siques de la localité. Je vous avouerai même que la pensée d'acquérir
ce minéral superbe avait été une des raisons déterminantes de mon
voyage au Creusot ; jugez de mes regrets de quitter cette ville sans
être allé aux Ecouchets ! Ma récolte, il est vrai, n'est qu'ajournée ;
vous le savez, je suis tenace ; j'ai besoin d'oxyde de chrome naturel
pour mon musée, il m'en faut à tout prix, et dussé-je, pour en avoir,
faire encore une fois le voyage de Saône-et-Loire, je le ferai. Ah! mon
cher ami, la passion des pierres et l'idée fausse, Dieu vous en pré-
serve !

Quand je redescendis vers la gare, le jour avait fui, et j'eus le spectacle des 150 cheminées de l'usine, lançant dans la nuit ces gerbes de flammes multicolores dont la vue impressionne fortement un homme pour la première fois témoin de ce fantastique éclairage. Trois quarts d'heure de chemin de fer me ramenaient à Etang, tête de la ligne d'Autun, cité curieuse où un nouveau train me déposait à neuf heures du soir.

Autun; là cascade de Brise-Cou; Lucenay-l'Évêque; la vallée du Ternin; Saulieu; la Roche-du-Chien.

Dhûn-les-Placès, 15 octobre.

Après une bonne nuit passée à Autun, j'étais debout ce matin avant six heures et me promenais, au petit jour, par la ville. Si vous n'y êtes pas allé, mon cher confrère, je vous apprendrai qu'elle s'étend sur le versant nord d'une colline adossée à une grande montagne orientée de l'est à l'ouest, que couvrent, du sommet à la base, des bois de chênes magnifiques. Des ravins entaillent le flanc de cette montagne et y tracent des sentiers conduisant à son sommet, vaste plateau mamelonné, où l'on retrouve quelques-uns des accidents pittoresques du Morvan ; de là le nom de *Morvan autunois* donné à cette région, que l'Arroux et la plaine d'Autun séparent du vrai Morvan. La grande forêt de Planoise couvre en partie ce plateau ; là également on rencontre le château de Montjeu et son beau parc, but d'une excursion fort justement recommandée aux touristes. Le temps me manquant pour m'y rendre, j'ai dû me borner à aller voir la cascade de Brise-Cou, beaucoup plus rapprochée. Après un coup d'œil donné à la cathédrale, monument gothique d'une architecture sobre et très noble, je sortais de la ville, et en vingt minutes j'atteignais le village de Couhars, qu'on voit s'élever au pied de la grande montagne, vers la lisière des bois. Un ruisseau canalisé traverse ce village et, en le remontant pendant une demi-heure, on arrive à la cascade de Brise-Cou, cascade aux proportions modestes, mais d'un dessin irréprochable, comme tout ce qui sort des mains de la nature, et, de plus, admirablement encadrée. Le penchant de la montagne est creusé, sur ce point, d'une tranchée d'érosion dont les talus, ouverts au milieu des gneiss, sont, dans toute leur hauteur, ombragés par des chênes. C'est sur le talus de l'ouest que le ruisseau de Couhars se précipite en un seul jet haut de 9 à 4 mètres, que la conformation du rocher partage en deux chutes, divisées elles-mêmes,

2 mètres plus bas, en trois cascatelles tombant dans un bassin d'où les eaux, après avoir bouillonné un instant, s'engagent dans le canal artificiel qui les amène au village. Cet élargissement progressif de la cascade et la division successive des chutes n'ont rien de régulier, de géométrique, qui rappelle l'art humain ; non, là, tout est diversifié à souhait dans les détails, la répartition des eaux est des plus heureuses, et l'ensemble est aussi gracieux qu'on puisse le désirer. Cette petite gorge, si bien boisée, si fraîche, si parfaitement ornée par la main de Dieu, se termine par un cirque gazonné, dominé par un château qui appartient, m'a-t-on dit, à un parent de M. le maréchal de Mac-Mahon ; lui-même possède une terre auprès d'Autun, sa ville natale.

Pour ne pas prolonger outre mesure une absence dont les minutes étaient comptées, j'avais à dessein omis d'emporter mon marteau ; j'ai trop de tendance à m'en servir, et il m'expose à des pertes de temps considérables. C'était donc de la prudence de ma part, cependant je l'ai regretté, car la montagne de Couhars est formée de gneiss nuancés de vert et de rose magnifiques, dont j'aurais bien voulu emporter quelques variétés ; je me trouvai réduit à en prendre une seule, la plus belle, il est vrai, de toutes celles que je rencontrai là.

A l'extrémité de Couhars on voit, tout en haut d'un versant aboutissant au ravin que suivait autrefois le ruisseau du village, une pyramide assez élevée, datant de l'époque romaine, et sur la destination de laquelle on n'est pas bien fixé. C'est un des nombreux monuments romains que renferment la ville et les abords d'Autun, la localité la plus riche du centre de la France en vestiges de la domination romaine.

Au sortir du village une vue très belle m'attendait dans la direction du nord : tout le front sud du Morvan, éclairé par le soleil du matin, se détachait merveilleusement sur le ciel, à cinq ou six lieues de distance, donnant une idée très nette de la configuration du massif. La disposition mamelonnée des montagnes y est exclusive et prend probablement sa source dans l'éjection du porphyre, qui paraît s'être fait jour à la surface du granite par des orifices multiples, sur lesquels la roche pâteuse s'est amoncelée comme la terre sur l'ouverture d'une taupinière. Quelque mesquine que vous paraisse la comparaison, mon cher ami, je la crois exacte ; le Morvan, dans ses deux zones du centre et du sud, est effectivement formé par la réunion de colossales taupinières de porphyre ; c'est ce processus d'éruption, particulier à certaines roches cristallines, qui donne au pays son caractère spécial et sa physionomie si curieuse.

A huit heures et demie retour à Autun ; j'y prends un sérieux café au lait, j'y dérobe dans la salle à manger deux admirables échantillons du fer concrétionné de la Romanèche, j'expédie par le chemin de fer une caisse de minéraux et, à neuf heures, je prends place dans le courrier de Saulieu. Nous traversons rapidement une partie de la ville et en sortons par la *porte d'Arroux*, très beau portique romain, d'une conservation parfaite et le plus remarquable morceau d'architecture de cette époque qui soit resté debout à Autun. A droite et à gauche s'étendent, sur les bords de l'Arroux, des remparts dont les vestiges subsistent sur une étendue considérable, assignant à la cité une importance et une grandeur qu'elle n'a plus aujourd'hui : *Augustodunum soror et æmula Romæ*. Au-delà de la rivière, à gauche de la route, se dresse, dans la prairie, un édifice carré tout démantelé, connu sous le nom de *temple de Janus*. Etait-ce un temple ou autre chose ? Je n'en sais rien, et probablement les plus malins n'en savent pas plus long que moi sur le passé de ce vieil édifice.

Au sortir de la ville j'eus le temps de saisir au passage un échantillon de schistes bitumineux ou *bogead*, que de grands chars à bœufs transportaient à la gare. Ces schistes, extraits des couches permiennes de la plaine d'Autun, à 6 kilomètres au nord-est de la ville, sont expédiés à Lyon, Marseille et Bordeaux, où on les emploie avantageusement à la production du gaz d'éclairage. Après un trajet d'une heure notre voiture passait à proximité de l'usine d'où proviennent ces matières, et j'aurais bien voulu pouvoir les étudier sur place ; le terrain permien est peu développé en France, et les schistes d'Autun en sont certainement un des horizons les plus intéressants ; mais je dois être de retour à Paris le 20 octobre, je l'ai promis, c'est nécessaire ; vous le savez, il y a dans notre état des dates fatales, et quand l'heure en a sonné, il est bon de ne pas être trop éloigné ; même mandé chez soi, on n'arrive pas toujours à temps.

Après avoir fait 12 kilomètres à travers la riche plaine de l'Arroux, nous touchions à la chaîne de montagnes qui la borde vers le nord et commencions à en gravir lentement les flancs. Je rentrais dans le Morvan et retrouvais ce système de buttes et de dômes qui le caractérisent, avec cette différence que, dans cette partie du pays, le sol paraît encore moins fertile que vers Château-Chinon. Beaucoup de ces collines sont nues ou portent des bois clair-semés et mal venants ; on a bien essayé de boiser ces pentes en sapins, mais ces arbres eux-mêmes ne poussent qu'avec peine.

Vers onze heures, après une pause d'un instant à la poste, notre voiture traversait au galop le bourg de Lucenay-l'Evêque, situé sur les bords du Ternin. Il donne l'idée d'une petite cité bourgeoise, où le niveau des fortunes doit être supérieur à celui des autres villes de même importance ; beaucoup de ses maisons, entourées de jardins, sont propres, coquettes, et ont un air de grande aisance. Le passage d'une diligence dans un village a le privilège d'en faire apparaître les habitants, les femmes surtout, sur le seuil des portes. C'est ainsi qu'en traversant Lucenay, j'aperçus trois ou quatre visages de connaissance, auxquels, de ma banquette, je pus adresser impunément un gracieux bonjour. Je me sentais rassuré par ma position, et j'étais bien certain que, quelque envie qu'elles en eussent, mes braves nourrices n'arriveraient pas jusqu'à moi pour m'embrasser ; il n'est pas si facile à une femme d'escalader une voiture de poste lancée à fond de train.

Notre unique relai entre Autun et Saulieu se fit à Chissey-en-Morvan, pauvre village placé dans la portion la plus déshéritée et la plus triste de la vallée du Ternin. Les collines voisines ont des penchants si brusques, que les pluies entraînent aussitôt les sables formés par la destruction des roches, rendant par là impossibles sur ces terrains l'établissement des bois et des cultures. On n'y voit qu'un court gazon, maigre pâture qu'utilisent des moutons et quelques vaches, qui se ressentent de la pauvreté du sol. Malgré la nudité et la tristesse du pays, il a encore de l'attrait pour une famille, qui a fait construire auprès de Chissey un des plus jolis castels modernes que l'on puisse voir. Chissey possède en outre un vieux manoir féodal très sombre, pouvant être, aux yeux d'un étranger, tout aussi bien grange que château. Cette architecture si simple, si primitive, était d'ailleurs la règle aux onzième et douzième siècles ; pourvu qu'une habitation seigneuriale fût solide et en état de résister aux attaques du dehors, on se préoccupait peu qu'elle fût élégante.

A côté de moi était assis sur la banquette un soldat du génie, arrivant d'Algérie, où s'est écoulé tout son congé. Ce brave garçon, aujourd'hui libéré, rentrait à Alligny, lieu de sa naissance. J'étais touché des marques de sympathie que lui donnaient ses concitoyens échelonnés sur la route, aux approches du village, et lui-même en paraissait fort ému. C'est, en effet, une des grandes émotions de la vie que cette rentrée du soldat dans sa famille après une longue absence. Que de sentiments puissants, doux ou tristes, agitent alors le cœur de l'homme, le font déborder, l'attendrissent jusqu'aux larmes ! Je ne l'ai pas éprouvé

5

par moi-même, mon cher confrère, mais j'ai été témoin de l'émotion des autres, et je vous affirme qu'elle est profonde. Comment en serait-il autrement ? Les parents, les amis sont là, attendant l'absent, le serrant dans leurs bras ; la fiancée est là aussi ; c'est le foyer retrouvé, c'est la paix rendue, c'est la joie, l'espérance ! Que Dieu ménage un heureux retour au soldat d'Alligny ! Qu'il ne trouve pas les parents morts, les amis absents, la maison de famille vendue, la fiancée mariée à un autre ! C'est que, mon cher ami, des changements bien cruels peuvent se produire dans une maison en l'espace de quelques années, et ce n'est pas la première fois qu'on aurait vu un soldat rentrant, la joie au cœur, dans son village, reprendre, au bout d'une heure, la mort dans l'âme, le chemin de cette terre d'Afrique et la vie du régiment qu'un mois auparavant il avait quittées avec tant d'empressement et de bonheur.

Si ces épreuves lui étaient réservées, mon compagnon saurait les suppporter, car le Morvandiau est énergique au moral comme au physique. J'en eus la preuve dans ce même village d'Alligny, où nous nous arrêtâmes un instant pour laisser nos chevaux souffler et notre conducteur se désaltérer. Un garçon du village, prêt à partir avec nous, recevait les adieux d'un frère, qui lui exprimait sans doute des craintes sur son avenir, sur les chances de trouver une bonne place et du travail, etc., car je n'ai pas saisi ses paroles, mais j'ai retenu la réponse : « Ah, malheur, ne te tracasse pas pour moi, lui disait l'autre d'un ton résolu, je saurai toujours me tirer d'affaire. » Ce garçon pouvait avoir une vingtaine d'années et, comme quelques mots échangés avec lui me l'apprirent, il retournait dans l'arrondissement de Montargis, ma sous-préfecture, où il a déjà servi chez deux propriétaires de ma connaissance. Le hasard nous rapprochait d'une façon assez inattendue, vous le voyez, et jusqu'à Saulieu je taillai avec mon voisin de banquette une forte bavette sur mon pays natal et sur les personnes que nous y connaissions tous deux.

A force de remonter la vallée du Ternin nous arrivions, vers midi, sur un haut plateau, où l'on voit un changement s'opérer dans les roches : le porphyre rouge quartzifère, qui se poursuit jusqu'au nord d'Alligny, fait alors place à un granite gris porphyroïde, qu'on peut suivre jusqu'à Saulieu. La production agricole s'améliore sur ce plateau, et l'on y voit d'un côté des fermes d'une certaine importance, et de l'autre côté d'épaisses forêts, au-dessus desquelles émerge une tour qu'un propriétaire du pays, M. de Chambure, a fait élever à l'endroit même où l'état-major a autrefois établi un poste pour ses travaux géométriques. De ce point culminant on a, paraît-il, une vue très étendue sur le Morvan et même sur les montagnes lointaines du Jura et de l'Auvergne.

A une heure je mettais pied à terre dans la coquette ville de Saulieu, bâtie sur un versant granitique au pied duquel se développent les plateaux calcaires de la Bourgogne. Saulieu est une ville riche et un pays de cocagne, si j'en juge par les bonnes choses qui couvraient la table de l'hôtel quand je vins m'y asseoir pour déjeuner; écoutez plutôt : marcassin sauté, filet de chevreuil, deux viandes de boucherie, terrine de lièvre, choux-fleurs au fromage, deux salades, trois fromages dont l'un, fromage crème relevé de Roquefort (incomparable, exquis ! ! !), fruits de toutes espèces, vins bourguignons. En savourant ces richesses culinaires, je ne pouvais que m'associer au jugement du gastronome anglais, consigné dans la chanson que vous savez :

> C'est en automne
> Que la France est bonne;
> On y mang' de tout
> Et ba-ô-coup!

Une demi-heure passée devant une table aussi plantureuse m'avait restauré à fond, et quand j'eus arrosé le tout de quelques verres de bon bourgogne et d'une tasse de fort café, il me devint impossible de tenir plus longtemps en place. A une heure et demie, je m'élançai donc sur la route des Places, ayant en perspective un ruban de 22 kilomètres à dérouler avant la nuit. Il n'en fallait pas moins, du reste, pour dépenser l'activité dévorante que le déjeuner de Saulieu avait fait passer dans mes jambes et pour laver à mes yeux la honte de mon trajet en voiture du matin. Une demi-heure après avoir quitté Saulieu j'atteignais un plateau couvert d'étangs, de grands bois et de quelques cultures, sur lequel j'eus à marcher pendant deux heures. Vers quatre heures je voyais Eschamps et son beau château, propriété du comte de Chabannes, et, deux kilomètres au-delà, je croisais, à Saint-Brisson, la route de Montsauche, pour m'engager dans le ravin boisé du Vignan, que j'allais suivre jusqu'à son confluent avec la Cure.

C'est près d'atteindre celle-ci que je passai au pied de la Roche-du-Chien ou du Loup, le rocher, dit Joanne, le plus curieux du Morvan. Sa forme est, en effet, très étrange, et partout il mériterait d'attirer l'attention. Représentez-vous, mon cher ami, une pyramide de granite haute de 30 mètres, reposant sur le sol par sa pointe. Ce rocher est formé de grandes dalles empilées les unes sur les autres et dont les dimensions vont en s'accroissant régulièrement de bas en haut. On se demande tout d'abord par quel phénomène d'équilibre cette masse reste debout, et l'on ne comprend le fait qu'en voyant que, par une de ses faces, elle fait corps avec la montagne. Malgré cet appui, l'édifice paraît encore si chancelant, qu'on ne passe à côté qu'en tremblant, d'autant plus que la route en rase le pied, que le torrent borde la route du côté opposé et que, malgré la peur qu'on en a, il est impossible de se détourner pour éviter le contact de cette masse. La Roche-du-Chien paraît être le dernier survivant d'autres masses semblables, qui ont encore là leurs témoins dans une série de roches tabulaires dont le sol de la forêt se trouve hérissé tout auprès. A 300 mètres de là, la Cure débouche, torrentueuse et bruyante, d'une gorge boisée pleine d'ombre, de mystère et, pourrait-on ajouter, de fraîcheur, si la saison et l'heure avancée de la soirée permettaient qu'il en fût autrement. Très beaux sites, mon cher confrère, que la Roche-du-Loup et les gorges de la Cure, pour ceux qui aiment les eaux vives, les bois, la solitude, une nature tourmentée et sauvage ; ces grandes croupes de granite, recouvertes de leurs forêts, séparées par de profondes ravines, sont en ce moment d'une beauté indescriptible et d'un charme infini pour l'œil, l'automne ayant épuisé sur les feuillages les plus chaudes teintes de sa palette. Du reste, j'étais frappé aujourd'hui des progrès rapides que cette riche coloration automnale a faits en peu de jours; il semble que, depuis mon premier passage dans cette portion du pays, le Morvan du nord ait déposé son manteau de verdure pour en revêtir un autre de pourpre et d'or. Tout cela sent l'approche de l'hiver, mais pendant quelques jours encore tout cela restera magnifique, et, vraiment, je jouais de bonheur d'être arrivé dans le pays juste à point pour y voir la nature morvandelle à l'apogée de sa beauté.

Quelques kilomètres plus loin je franchissais la Cure sur un pont de construction récente, et je gravissais les coteaux de sa rive gauche, me dirigeant vers le village des Places. Mais, avant d'y arriver, j'acquis encore une fois la preuve qu'un géologue m'a précédé de peu sur cette route; plusieurs des rochers qui la bordent portent la trace de coups de marteau récents, destinés à en dévoiler la nature. Quel peut bien être ce voyageur géologue, mon cher ami? C'est peut-être mon anglaise ! Oui, c'est sûrement elle; je vole sur ses pas, je vais l'atteindre et la connaître enfin. Elle doit être jeune et belle ! Après tout, si elle est

vieille et laide, ça m'est encore égal ; elle s'occupe de géologie, je suis
sûr que nous nous entendrons.

Quand, à la chute du jour, j'arrivai aux Places, ce village retentissait
des sons du cor et des hurlements d'une meute. Un riche propriétaire
de la Nièvre, non moins grand chasseur que grand propriétaire, M. X.,
s'y trouvait en déplacement avec son équipage de vautrait, et, à la tombée de la nuit, ses piqueurs avaient trouvé bon de donner aux habitants
une sérénade de leur façon sur la place du bourg. La population du village se pressait autour d'eux et je me hâtai de me joindre à elle, ne
voulant pas perdre une seule note de cette rude harmonie, dont le silence du soir et l'écho des montagnes décuplaient la puissance. J'étais
là, le cou tendu et l'oreille ouverte, tout entier aux émotions nées de
ces puissants accords, quand mes yeux tombèrent sur un visage de
femme qui, de son côté, paraissait m'examiner attentivement. Nous fi-
nîmes par nous reconnaître, et presqu'en même temps cette exclama-
tion s'échappa de nos lèvres : « Tiens, Philomène! Tiens, M. B.! » Philomène G... est une de mes meilleures nourrices, rentrée chez elle depuis
une année, et, chose évidente pour l'œil le moins exercé, en situation
d'entreprendre dans quelques mois une nouvelle campagne de nourrissage à Paris. Après les premiers compliments d'usage : « Il paraît, lui
dis-je, qu'on s'apprête à chasser chez vous ; voilà des gaillards dont
j'envie le sort ; je n'ai jamais suivi une grande chasse, et j'aimerais fort
à voir celle-ci. — Ça n'est peut-être pas impossible, reprit Philomène ; j'ai justement ici un cousin qui soigne les chiens de M. X...
et qui pourra vous être utile ; je vas lui parler pour vous ». Quelques
instants après le cousin me fut amené. C'était un garçon de vingt-cinq
ans, attaché au chenil de M. X... et, en cette qualité, chargé de la conduite d'un ou deux relais pendant les chasses. A la recommandation de
Philomène, il se montra plein de bonne volonté pour moi, et voilà ce
qui fut arrêté entre nous : nous laisserions demain la chasse s'éloigner,
puis je l'accompagnerais aux postes qui lui seraient assignés pour faire
donner ses relais aux bons moments : « Seulement, me dit-il, la journée
sera rude, nous attaquons un sanglier vigoureux, et si vous ne voulez
pas rester en route, il vous faut un cheval. » Naturellement, mon cher
confrère, voyageant toujours à pied, je n'avais pas de cheval, mais la
brave Philomène se chargea encore une fois de lever la difficulté, en
décidant un de ses voisins, quelque peu écuyer à ses heures, à me prê-
ter sa jument pour le lendemain, en sorte que plus rien ne s'opposait à
mon désir d'agrémenter mon voyage d'une émouvante chasse au san-

glier dans le Morvan. Ma conscience, il est vrai, en était bien un peu troublée ; elle me représentait que ma conduite n'était pas correcte, qu'on ne s'insinue pas dans les plaisirs d'un homme sans sa permission, et que le parti le plus sage était de partir demain de bonne heure sans rien dire ; mais j'eus bien vite fait taire ce mentor incommode et mis en fuite tous mes scrupules. C'était mal à moi, je le reconnais, mais la passion explique bien des fautes, et celle des pierres m'en a fait faire bien d'autres ! Enfin, j'étais complètement équipé, en état de suivre la chasse du lendemain, et, sur cette assurance, je quittai Philomène et le cousin François pour entrer à l'auberge de M. Copin, gros propriétaire du bourg, chez qui, après un léger souper, je m'endormais, la tête remplie de la pensée des sangliers et mes oreilles tintant encore des notes de la dernière fanfare.

Une chasse au sanglier dans les forêts du Morvan.

Brassy, 16 octobre.

La pensée de la chasse du jour m'avait trotté toute la nuit dans la tête, et dès quatre heures du matin j'étais éveillé. Ce ne fut pas sans peine que j'attendis le jour pour me lever, surveiller le déjeuner de mon cheval et prendre le mien. J'aurais voulu pouvoir, dès cette heure, m'élancer dans la forêt et m'enivrer du bruit du cor et de la voix des chiens, mais il ne dépendait pas de moi que la chasse ne commençât si tôt ; je n'étais tout au plus qu'un spectateur toléré et, dès lors, n'avais pas d'ordre à donner. Et puis il est contraire à toutes les règles de commencer une chasse à courre avec le jour ; les animaux sont encore éveillés, et le moindre bruit les met sur pied. On attend donc que le sanglier soit depuis quelques heures à la bauge et en ait goûté le bien-être pour commencer une quête qui a pour but de reconnaître le sexe et la force de l'animal et de le cerner d'assez près pour que l'attaque n'entraîne pas à un trop long déplacement. C'est à dix heures que la nôtre devait avoir lieu, et dès neuf heures le rapport des piqueurs signalait un ragot remis dans la forêt de Breuil, à trois kilomètres environ au nord-est du village des Places. *Nous* autres veneurs, mon cher confrère, nommons *ragot* un sanglier de deux à trois ans ; c'est une bête presque adulte, d'une très grande force, assez légère cependant pour résister aux fatigues d'une longue poursuite. C'est à cet âge aussi que le sanglier est le plus dangereux, à cause de l'obliquité de ses défenses, dont la pointe perce facilement l'objet frappé ; plus tard il *se mire,* c'est-à-dire que la dent, en s'allongeant, se recourbe sur le nez et ne frappe plus que par son bord convexe, ce qui la rend moins redoutable, car alors elle se borne à contondre les chairs sans pénétrer.

— Le rapport entendu, il fut décidé qu'on attaquerait de suite le ragot détourné, et un quart d'heure après, une brillante fanfare annonçait le départ des chasseurs. Ces messieurs, au nombre de six, tous superbement montés, s'acheminèrent vers la forêt, suivis de trente griffons nivernais, à la face enfouie jusqu'aux narines dans une barbe rude et frisée, au rein droit et robuste, à la gorge sonore, race puissante, que nous voyons invariablement primée à chacune de nos expositions canines. Ce premier contingent composait la meute d'attaque, qu'une quarantaine d'autres chiens, répartis en plusieurs relais, devaient appuyer successivement dans le cours de la chasse. Ces soixante-dix chiens se trouvèrent là, un instant réunis sous le fouet des piqueurs, entourant chevaux et chasseurs, et formant un coup d'œil que je n'oublierai de ma vie. Un départ pour la chasse dans ces conditions est déjà, vous le comprenez, un spectacle plein d'intérêt pour un homme qui n'en a pas l'habitude, et mon cœur battait fortement à la vue des brillants uniformes, en entendant le piaffement des chevaux et les hurlements de la meute ; c'était une jouissance anticipée des émotions à venir et un plaisir déjà très vif.

Je laissai prudemment les veneurs s'éloigner, et quand j'eus vu leur groupe disparaître à un détour de la route, je courus à l'écurie, où mon cheval m'attendait tout sellé. Son propriétaire ne me cacha pas que l'animal n'était ni des plus jeunes ni des plus vites : « Il a, me dit-il, le flanc un peu fort et une jambe un peu raide ; néanmoins il vous portera bien encore toute la journée, et cela vous vaudra mieux que de suivre la chasse à pied. » J'acquis bientôt la preuve que le langage du paysan n'était qu'un euphémisme de sa façon destiné à gazer les défectuosités de sa bête ; que le *flanc un peu fort* signifiait un cheval horriblement poussif, et que la *jambe un peu raide* était tout bonnement une jambe ankylosée. Cette découverte ne laissa pas que de m'être assez désagréable, mais « à cheval donné on ne regarde pas à la bride, » dit un proverbe, et j'imagine qu'il doit en être de même d'un cheval prêté. D'ailleurs, il était trop tard pour en chercher un autre, et il fallait bien me contenter de celui-là. Je l'enfourchai donc, non sans un vif désappointement, et me hâtai de rejoindre François, qui m'attendait à la sortie du village, avec vingt chiens, montant de deux relais qu'il avait la mission de fournir au moment opportun. Et voilà, mon cher ami, com-

ment, par la protection secrète d'une nourrice et sous la haute direction d'un valet de chiens, cejourd'hui, 16 octobre 1881, votre vieux confrère, monté sur un biquaillon morvandiau poussif et ankylosé, sortait
de Dhun-les-Places pour assister à une chasse au sanglier dans les forêts du Morvan.

François avait reçu l'ordre de se porter d'abord sur la route de Saint-
Brisson, que la bête traverserait certainement pour entrer dans la forêt Chenue, refuite habituelle des animaux lancés dans la forêt de
Breuil, et où un premier relai devait être donné. Il devait ensuite remonter au nord jusqu'au hameau de Bornou et fournir un second relai, au cas très probable où l'animal, quittant la forêt de Breuil, s'effor-
cerait de gagner la Forêt-au-Duc. Nous avions à peine dépassé la Cure
que des hurlements isolés, signalant un *rapproché*, arrivèrent jusqu'à
nous, et, dix minutes après, un brouhaha formidable, non sans quel
que analogie avec une ouverture de Bourse, nous apprit que la bête
était sur pied. La fanfare du *lancé*, puis celle du *sanglier*, répercutées
par les montagnes, vinrent appuyer la voix des chiens, puis tous ces
bruits s'évanouirent peu à peu dans la direction de l'est, et, un quart
d'heure après, les mugissements de la Cure troublaient seuls le silence
de la forêt.

Suivant les instructions données à François, nous remontâmes la petite vallée du Vignan et, dépassant la Roche-du-Chien, nous allâmes
prendre position à l'entre-croisement de plusieurs ravins aboutissant
au vallon. Nous attendions depuis près d'une heure, causant de choses
et d'autres, quand la voix des chiens se fit entendre dans la direction de
Saint-Brisson; le sanglier, après avoir poussé une pointe du côté de
Saint-Aignan, se rabattait sur la forêt Chenue. J'avançai rapidement de ce
côté et arrivai bientôt à un endroit où la vallée s'élargit en se découvrant.
Là s'étend, sur la rive droite du torrent, une petite prairie large d'une
cinquantaine de mètres, qui s'abaisse doucement jusqu'à l'eau ; le versant opposé se relève, au contraire, sous une forte pente, que couvre
la forêt. C'est juste à cet endroit que le sanglier vint franchir le ruisseau ; je le vis s'élancer sur la route, sauter dans la prairie et arriver à
l'eau, qu'il traversa, moitié nageant, moitié marchant sur les roches
qui encombrent le lit de la rivière. J'étais frappé de sa forte taille, que
grandissait encore une épaisse crinière dont chaque soie se trouvait
redressée par la colère ; j'admirais aussi son incroyable vitesse,
qu'on n'attendrait pas d'un animal en apparence aussi lourd, quand
le tourbillon hurlant de la meute tomba à son tour sur la route,

précédé par Matamor et Renfort, nos deux chiens de tête. L'impétueux la Ramée, premier piqueur de M. X..., monté sur une jument
gris-de-fer du pays, galopait auprès de ses chiens, les excitant de la
voix et, comme eux, franchissant taillis, rochers, ravins, rivières, avec
autant d'aisance que s'il eût couru sur la grande route. Par quel pro-
dige d'adresse cet homme, qui ne quittait pas ses chiens d'une semelle,
avait-il réussi, sans tuer lui et sa jument, à se maintenir sur des pentes
boisées de près de 30 degrés d'inclinaison, je me le demande encore,
sans y rien comprendre ; mais, le fait est certain, je l'ai vu chaque fois
à la suite des chiens, sans qu'aucun obstacle ait paru capable de le détourner ou de l'arrêter.

Notre relai était prêt ; dix chiens frais rallièrent aussitôt la meute,
un nombre à peu près égal de traînards fut arrêté à coups de fouet et
recouplé, et la chasse continua son train. Une chose m'avait beaucoup
intrigué quand celle-ci traversa la prairie ; j'avais bien remarqué l'endroit où le sanglier était sorti du bois et avait franchi la rivière, et cependant c'est douze ou quinze mètres plus loin que les chiens avaient
débuché et s'étaient mis à l'eau. Je ne comprenais rien à ce désaccord
dans la marche de l'un et des autres, et soumis mes doutes à François.
« Ça n'est pourtant pas difficile à comprendre, me dit-il ; le sanglier
laisse beaucoup d'odeur, et il suffit que les chiens soient sous le vent
de la piste pour qu'ils en assentent aussi bien que s'ils avaient le nez
collé à la voie. »

Il parlait encore quand le peloton serré des chasseurs déboucha d'un
ravin perpendiculaire au vallon, franchit le torrent d'un bond et disparut dans la portion sud de la forêt. J'étais resté relativement calme jusque-là, mais en voyant ces hommes dans toute l'excitation de la poursuite, dévorant l'espace aux sons entraînants du cor, je me sentis pris
de vertige, et, sans calculer la faiblesse de mes moyens et l'indiscrétion
de ma conduite, je cédai comme un enfant à l'invincible besoin d'avoir
aussi ma part des enivrements d'une chasse à courre. En conséquence
je me penchai sur le cou de ma bête (j'avais vu, à Longchamp, les joc-
keys prendre cette posture pour mieux vaincre la résistance de l'air),
et talonnant vigoureusement ma monture, je m'apprêtai à m'élancer
dans la direction suivie par la chasse. Malheureusement, j'avais compté
sans la mauvaise jambe et l'emphysème de mon cheval ; tout ce que j'en
pus obtenir fut un petit trot boiteux, qui, même, s'arrêta court au bout
de vingt-cinq mètres quand nous fûmes au bord de l'eau. En me retour-
nant, je vis François réprimant à grand'peine les convulsions d'un fou

rire : « Ah çà, me dit-il, un peu remis de son hilarité, que diable est-ce qui vous prend? Auriez-vous par hasard la pensée de suivre les autres, monté comme vous l'êtes? Allons, laissez là cette prétention et suivez-moi ; si vous ne voyez pas toute la chasse, vous en verrez encore assez pour vous amuser. » Je revins vers lui, assez honteux de mon escapade et bien décidé à ne pas renouveler une tentative insensée qui, si pour mon malheur elle eût réussi, devait pour le moins me coûter une jambe cassée ; car, de bonne foi, je suis tout aussi peu cavalier que vous et tout aussi incapable de soutenir pendant cinq minutes une course échevelée au travers d'une forêt. Quel bonheur providentiel de n'avoir eu aujourd'hui sous moi qu'une bête poussive, et combien, à cette heure, je bénis la bienheureuse ankylose de mon bidet, à laquelle, après Dieu, je dois la vie !

L'endroit où François me conduisait et où, m'assurait-il, nous devions voir encore une fois passer la chasse, est, je vous l'ai dit, le hameau de Bornou, situé à quatre kilomètres au nord de la route de Saint-Brisson. De ce côté une zone de cultures sépare la forêt de Breuil des bois de la Peirouse, et le sanglier, après s'être fait battre dans la forêt-Chenue, ne pouvait manquer de remonter au nord pour chercher à gagner la Forêt-au-Duc. La place était donc bien choisie pour le voir encore une fois de près et lui administrer le cinquième relai ou les *six-chiens*. Seulement nous devions nous résigner à l'attendre assez long-temps, car la forêt Chenue est grande, et, avant que l'animal l'eût parcourue deux fois dans sa longueur, plus d'une heure devait s'écouler. C'est, en effet, vers les deux heures de l'après-midi seulement que le cor de la Ramée nous signala son approche. Je me portai à sa rencontre et ne tardai pas à le voir arriver sur un chemin de campagne. Cette fois l'animal ne précédait plus la meute, comme lors de sa traversée du Vignan ; il se sentait fatigué et s'avançait au petit trot, entouré de tous côtés par les chiens, comme un bon berger au milieu de son troupeau. Il paraissait s'en préoccuper fort peu et allait son petit train, sans s'inquiéter d'ennemis qu'il se sentait assez fort pour tenir en respect. Ce n'est pas cependant qu'il n'en reçût, dans l'arrière-train, quelques dentées qui, chez un honnête citoyen, eussent infailliblement enlevé la pièce, mais auxquelles il se montrait assez indifférent. Par exemple, il ne fallait pas faire mine de toucher à ses oreilles, un coup de boutoir bien appliqué avait vite châtié l'imprudent assez téméraire pour se mettre à portée de la dent. Je m'avançai au trot de mon cheval jusqu'au bord du chemin, et j'eus cette satisfaction inespérée de voir passer à mes pieds le fier animal entouré de ses féroces ennemis. Ce fut toutefois de ma part une grande imprudence, et François me la reprocha vivement : « Il arrive assez souvent, me dit-il, qu'un sanglier, irrité par l'acharnement de la poursuite, quitte les chiens et fond avec rage sur un nouvel assaillant ou sur tout animal que le hasard met à sa portée. » Nous étions dans de beaux draps, moi et mon cheval, si la chose fût arrivée ; comment ma pauvre rosse eût-elle esquivé le coup, avec une jambe ankylosée ? Le sanglier le savait peut-être et parut nous dédaigner, de sorte que pendant dix minutes rien ne m'empêcha de le voir tout à mon aise.

Je le suivis des yeux pendant quelques instants encore, puis tout disparut dans les bois de la Peirouse, et, pour le coup, je crus la chasse bien finie pour moi, désespérant d'en voir davantage et plus encore d'assister au dénouement. François était assez de cet avis : « Cependant, me dit-il, avançons toujours ; après tout, nous ne risquons que nos pas, et un retour de l'animal peut nous mettre encore une fois en sa présence.» Pour moi, je ne demandais qu'à marcher, et nous entrâmes dans la nouvelle forêt. Bien nous en prit, car, au bout d'une demi-heure, nous entendîmes sonner des *fermes*, nous indiquant que l'animal était sur ses fins. Nous poussâmes rapidement dans cette direction, et bientôt après une nouvelle sonnerie assez rapprochée, que mon compagnon reconnut pour l'*hallali sur pied*, se fit entendre : « Donnez-moi votre cheval, qui ne pourrait que vous retarder, me dit-il, et courez dans la direction des sons ; vous assisterez peut-être à la mort du sanglier. » Je ne me fis pas répéter le conseil, sautai à bas de mon cheval, que je remis à François, et, m'élançant comme un fou à travers bois, j'arrivai, au bout d'un quart d'heure à l'endroit même où l'animal faisait tête aux chiens pour la dernière fois. Les chasseurs s'y trouvaient réunis, et un spectacle des plus émouvants s'offrit à moi. Le sanglier, fatigué par quatre heures de chasse, avait compris l'inutilité d'une fuite plus prolongée, et, sans attendre que ses forces fussent épuisées, s'arrêtait là, bien décidé à se débarrasser de la meute ou à vendre chèrement sa vie. Je m'attendais à le voir acculé contre une vieille souche, dans le retrait d'une roche, présentant à ses ennemis ses mortelles défenses ; les choses se passaient tout autrement. L'endroit où je le trouvai *au ferme* était une simple clairière, large d'une quarantaine de mètres. Il se tenait au centre, le poil hérissé, l'œil en feu, la gueule écumante, entouré par le cercle des chiens et des chasseurs. Sa tactique consistait à fondre sur le groupe de chiens le plus rapproché et après en avoir bousculé deux ou trois, avec grand dommage pour les braves animaux, à regagner le milieu de la clairière, pour s'élancer sur un nouveau groupe d'ennemis. La lutte durait déjà depuis dix minutes, cinq ou six chiens, mis hors de combat, gisaient à terre ou s'étaient prudemment retirés derrière les chasseurs; on ne pouvait exposer plus longtemps des chiens de prix, et, toutes les réserves ayant successivement donné, le moment était venu de *découpler le sixième relai,* en d'autres termes, d'expédier le sanglier par une balle bien placée. C'est M. X... qui se charge habituellement de ce soin. Une petite carabine à deux coups lui fut passée par un garde et, s'avançant sur le bord de la clairière, il saisit le moment où la bête se trouvait à quelques mètres des chiens, pour lui loger une première balle dans les armures. Cruellement blessé, le sanglier se retourna et, dans un paroxysme de fureur, vint fondre sur l'agresseur, qui, à moins !de dix pas, lui plantait sa seconde balle entre les yeux; l'animal roula comme un lapin aux pieds du chasseur. Ce coup splendide, mon cher ami, fit déborder mon enthousiasme, et je fus sur le point de m'écrier : « Bravo ! monsieur X..., voilà un coup superbe ; votre sang-froid est admirable, votre adresse incomparable, vous êtes un tireur de premier ordre ; mais dites-moi donc ce qui serait advenu de vous si, manquant votre second coup, vous eussiez subi le choc de cette locomotive vivante, arrivant sur vous avec une vitesse de cinquante kilomètres à l'heure ? » Cependant, mon cher confrère, j'avais trop intérêt à ne pas ébruiter ma présence, et je me contins.

Un quart d'heure après, j'avais rejoint François, à qui je racontai la mort du sanglier: « Votre maître, lui dis-je, est un crâne chasseur, un admirable tireur, j'imagine pourtant qu'il n'a pas toujours été aussi heureux dans ses rencontres avec les sangliers. — Ne m'en parlez pas, répondit François: depuis deux ans que je suis à son service, je l'ai ramené déjà trois fois chez lui, couché sur la paille au milieu des chiens blessés. La dernière fois il a été décousu depuis le mollet jusqu'aux reins, avec une forte entaille à la fesse; il a mis trois mois à cicatriser sa blessure. Ce qui me confirma le dire de François, c'est qu'au moment où il s'avança pour tirer le sanglier, j'avais remarqué que M. X... boitait d'une certaine façon dénotant un trouble manifeste dans le jeu des muscles de la région fessière.

La chasse finie, il ne me restait plus qu'à rentrer aux Places; mais nous avions, pour cela, à effectuer une retraite de douze kilomètres, et nous ne fûmes de retour au village qu'à cinq heures. J'allai de suite remettre mon cheval à l'écurie et remercier son maître, sans toutefois lui signaler les méfaits de sa bête. Je hasardai même un éloge ironique auquel le brave homme se laissa prendre : « C'est tout de même un rude animal que vous avez là, lui dis-je. — Je vous avais bien dit qu'il a encore du fond, me répondit le paysan, d'un air fier ; c'est que c'est un pur morvandiau, celui-là, et ils sont bons, nos chevaux du Morvan ! » Mon premier soin ensuite fut de commander à M. Copin un dîner aussi soigné que le comportaient les ressources de son auberge ; je tenais à régaler François, qui m'avait été si utile dans cette journée, et je ne voulus rien épargner pour qu'il fût content : dame, mon cher confrère, pour être valet de chiens, on n'en est pas moins sensible aux bons morceaux et aux bons vins, au contraire. M. Copin s'acquitta de sa tâche à notre satisfaction et sut nous prouver que, malgré sa sauvagerie, le Morvan renferme de bonnes choses et de véritables artistes culinaires.

A sept heures j'allai prendre congé de Philomène et, par une nuit des plus noires, partais à pied pour Brassy. Bien qu'il soit contraire à mes principes de voyager de nuit (encore une fois, je n'ai pas peur la nuit, et je vous le prouve !), je n'avais pu me résoudre à séjourner plus longtemps aux Places, et m'étais décidé d'autant plus aisément à entreprendre cette étape nocturne, que, le pays qui s'étend entre ce dernier village et Brassy étant complètement dépourvu d'intérêt, je ne perdais rien à le traverser nuitamment. J'avais d'ailleurs à faire une toute petite étape de huit kilomètres, l'étape qui convenait à un homme fatigué pour avoir *galopé* toute une journée dans des forêts. Je me mis donc en route sur les sept heures, et, deux heures après, me présentais à l'auberge de M. Prévôtat, que l'on m'avait signalée, aux Places, comme étant la meilleure de Brassy.

Brassy ; Vermot ; Vieux-Dhun ; la Cure ; Marigny-l'Église ; le château et le site de Chastellux.

Chastellux (Yonne), 17 octobre.

J'ai été on ne peut mieux traité à l'auberge Prévôtat, mon cher confrère. Il est vrai que, dans la conversation, j'avais très habilement dévoilé mes accointances avec les nourrices et la grande consommation que j'en fais chaque année ; par là je devins l'objet d'attentions inusitées de la part de Mme Prévôtat, ancienne nourrice elle-même. Cette excellente femme poussa la sollicitude jusqu'à bassiner mon lit et à y mettre une boule, précautions que justifiaient amplement du reste ma nature frileuse et le froid très vif que nous avons eu cette nuit. Croyez-moi, mon cher ami, pour voyager agréablement dans le Morvan, il n'est rien tel que d'être ou de se dire accoucheur. Le nom seul de la profession, talisman magique, vous ouvre immédiatement les cœurs, toutes les sympathies vous sont acquises, on s'empresse autour de vous, on vous choie de toutes façons ; vous trouvez de bons dîners, des chevaux de selle excellents, des chasses superbes, enfin mille avantages qui doublent le plaisir d'un voyage. On vous embrasse un peu trop, c'est vrai, et ces manifestations naïves d'une reconnaissance vraie vous surprennent d'abord, mais au bout de quelques jours on finit par s'y faire. Essayez du moyen, l'an prochain, vous m'en direz des nouvelles !

Brassy, mon cher confrère, est un gros village ou un bourg dont les maisons respirent la propreté et l'aisance. Il occupe le fond d'une vallée alpestre dominée de tous côtés par de hautes collines boisées. Malgré cet abri, c'est un des points les plus froids du Morvan, et, m'assure-t-on, aucun mois de l'année ne se passe sans qu'il y gèle. Nous avons eu cette nuit trois ou quatre degrés au-dessous de zéro, et, ce matin, les prairies étaient blanches de givre ; un centimètre de glace recouvrait les fossés, et de longues stalactites d'eau congelée pendaient au bâti d'un moulin du bourg, comme au cœur de l'hiver. Du reste, le ciel, d'une pureté parfaite, présageait une belle journée, une journée très fraîche et faite exprès pour un marcheur.

Mon intention, en passant par Brassy, était de me rendre aujourd'hui à Lormes par le plus court chemin. Rien de plus facile à faire dans une journée que cette traite, seulement le pays traversé par la route n'est pas beau, et mes fatigues restaient sans compensations. Heureusement pour moi, un voyageur du commerce, très spirituel, très aimable et, qualité plus rare chez ses pairs, très discret, que je trouvai chez les Prévôtat, se chargea de me tracer un itinéraire bien plus avantageux pour un touriste. De Brassy, il me fallait, suivant lui, retourner vers l'est, gagner, par Vermot, le village de Vieux-Dhun, aller de là à Marigny-l'Eglise, en passant par Mazignen, puis, dans l'après-midi, atteindre Chastellux, où je coucherais. Ce brave garçon me composait ainsi une petite journée de trente kilomètres, mais il ne s'arrêtait pas à ce détail ; il me savait en quête des beaux sites du Morvan, m'en indiquait plusieurs des mieux choisis, et pensait avec raison que huit heures de marche ne les payeraient pas trop cher. Comme son programme reçut la pleine approbation du ménage Prévôtat, je n'hésitai pas à l'adopter. A huit heures sonnantes donc je prenais congé de mes hôtes et de M. D..., le commis voyageur, pour m'acheminer dans la direction de Vermot. Je marchais bien, car le froid piquait ferme à cette heure, en même temps qu'une belle tasse de café, en me fouettant le sang, doublait mes forces. Il m'en fallait beaucoup, du reste, pour supporter les fatigues de mon étape, une des plus laborieuses que j'aie jamais faites. En effet, j'ai passé toute cette journée à gravir des montagnes pour redescendre ensuite dans les vallées intermédiaires, et les kilomètres que l'on fait de cette manière peuvent compter double, je vous l'affirme. Une première ascension m'amenait au sommet des coteaux qui bordent, au nord, la froide vallée de Brassy ; c'était pénible, et mon cœur battait fort, mais l'attention et le courage se trouvaient soutenus chez moi par la variété du paysage que j'avais sous les yeux : au bas de la côte, un bel étang entouré de prairies et de troupeaux ; plus haut, un versant coupé de haies vives limitant des pâturages et des cultures ; au sommet, de grands bois, retentissant, pour l'heure, de la voix de deux briquets lancés sur la piste d'un chevreuil, d'un lièvre ou d'un renard. Ce n'était plus assurément la chasse princière de M. X...; c'était une petite chasse bourgeoise, telle que je l'ai pratiquée dans ma jeunesse, en compagnie de M. V..., un digne officier de santé de ma ville natale ; de MM. T..., riches propriétaires de nos environs ; de quelques autres encore, rendus depuis longtemps à la terre, mais dont la chasse modeste que j'entendais ramenait alors le souvenir dans mon cœur. Excellents hommes, quels bons moments j'ai passés dans leur compagnie, et que de lièvres perdus pour eux pour m'avoir généreusement cédé le passage favorable, où trop souvent je manquais la bête ! Il est vrai que le lièvre n'était jamais qu'à moitié manqué, car invariablement mon coup avait fait voler du poil ; on a facilement de ces illusions à quinze ans.

Après une heure de marche j'avais franchi les bois couronnant la colline et descendais dans le vallon solitaire où se cachent le hameau de Vermot et son joli château. Quel charmant ermitage que Vermot ! Quelle solitude paisible, et comme on doit bien s'y reposer de l'existence agitée des villes ! Là encore, un cercle de hautes collines couvertes de bois encadre un vallon très vert, que traverse un limpide ruisseau. Le hameau, adossé à un monticule, s'élève au fond de la vallée. A mi-côte, vers l'ouest, on voit le château à moitié enfoui dans le feuillage des chênes et dominé par une forêt. Pas de route traversant ce frais vallon ; un simple chemin à l'usage des seuls habitants du hameau. Là on est bien chez soi, aucun importun n'y vient troubler votre paix ; tout au plus y voit-on de loin en loin un touriste modeste de ma sorte, passant silen-

cieusement pour donner un coup d'œil d'admiration et d'envie à ce bien-
heureux séjour, et disparaître aussitôt. Vivent les campagnes situées loin
des routes et des chemins de fer ! C'est comme cela que je choisirai la
mienne ; mais en trouverai-je dans dix ans ? Du train dont vont les
choses, c'est au moins douteux.

Après Vermot, vous vous le rappelez, mon cher confrère, mon itinéraire me conduisait à Vieux-Dhun, encore aujourd'hui, je crois, le
centre communal de Dhun-les-Places, village scindé en deux parties
éloignées l'une de l'autre de trois kilomètres. Pour aller à Dhun j'avais
à effectuer une nouvelle montée pour redescendre ensuite dans la vallée
d'un ruisseau voisin. Tout agréable qu'il fut, cet itinéraire ne laissait
pas que d'être fort pénible, et j'essayai de me reposer un instant à mi-
chemin, mais le froid, si vif sur ces hauteurs, m'obligea bien vite à
repartir ; cinq minutes d'immobilité m'avaient glacé. Vers dix heures
j'avais franchi une nouvelle crête et me trouvais en vue de Dhun, que
je laissai sur ma droite, rien ne m'obligeant à y entrer. Je constatai seulement que sa position est pittoresque et qu'il domine la vallée d'un
ruisseau traversant d'immenses forêts et servant au flottage, car de
longs tas de bûches en garnissaient les rives. Je franchis ce ruisseau
à la planche de Mazignen pour gagner un petit groupe de maisons, où
j'avais à demander mon chemin. J'entrai dans la première de ces maisons, et, comme le froid était encore très vif, je crus, par égard pour
la femme qui s'y trouvait, devoir en refermer la porte derrière moi.
Cette porte fermée parut inquiéter la paysanne, qui se retrancha précipitamment derrière une table et me dit d'une voix tremblante d'émotion : « Laissez la porte ouverte, monsieur. » Ces simples mots avaient
leur éloquence, et je n'eus pas de peine à en pénétrer le sens. Ils
disaient clairement que cette femme voulait se donner la chance que
ses cris fussent entendus des maisons voisines, dans le cas où j'aurais
tenté de l'assommer. Pour la rassurer complètement, je m'éloignai, et
c'est à la distance respectueuse de dix mètres que, campé au milieu
du chemin, je recueillis de sa bouche les renseignements dont j'avais
besoin. Voilà pourtant, mon cher ami, où j'en suis arrivé avec mon
beau costume en drap anglais, de 180 francs ! Même avec lui, je n'ai
pu dépouiller un certain air de bandit qui effraye les gens, et l'on me
fuit comme un malfaiteur dangereux. Ce n'était pas, en vérité, la peine
de faire cette dépense, et *la Belle Jardinière*, avec ses vêtements éco-
nomiques, n'aurait pas à coup sûr donné de ma personne une idée plus
désavantageuse. Malheureusement pour moi, c'est moins ma mise que

ma tête qui fait peur aux vieilles femmes, et dès lors ma situation est sans remède, attendu qu'il m'est impossible de changer ma tête et qu'il n'est pas probable que les années l'embellissent.

Il me fallut soutenir une longue conversation avec mon cicérone pour en obtenir les indications dont j'avais besoin. Pour aller de Dhun à Marigny, en passant par Mazignen, j'avais six kilomètres à faire dans la forêt de la Chevrière, non pas sur une grande route, mais sur un simple sentier qui, dans ce trajet, se bifurque ou s'entre-croise une douzaine de fois avec d'autres sentiers. La brave femme, d'une façon un peu prolixe, me traça la conduite à suivre dans chacune de ces occasions : première fourche, prendre le sentier de gauche ; deuxième fourche, prendre à droite ; troisième fourche, prendre encore à droite ; on rencontre là un étang. Ensuite, premier croisement de voies, continuer tout droit ; deuxième croisement, laisser le premier sentier et prendre à gauche, etc. Au lieu de chercher à retenir tous ces détails, il fallait tout bonnement prendre à Dhun un guide qui me conduisît à Mazignen ; mais, soit inadvertance, soit sotte présomption, je n'en fis rien et m'engageai seul dans un des plus grands bois du Morvan. Pendant près d'une heure je me tirai assez heureusement d'affaire ; aux premières bifurcations du sentier je tirai du bon côté, et j'en eus la preuve en trouvant sur ma route les particularités : arbre, ravin, étang, carrière, etc., qu'on m'avait désignées comme jalons ; mais, arrivé à la cinquième ou sixième fourche, ma foi, la mémoire me fait défaut et il m'est impossible de savoir si je dois prendre à droite ou à gauche. Alors l'inquiétude, la crainte de m'égarer, s'emparent de moi, je sens amèrement la faute que j'ai commise et commence à me reprocher mon imprudence en termes très vifs. Il va sans dire que ces reproches ne remédiaient aucunement à un embarras que le trouble croissant de mon cerveau ne faisait qu'aggraver. Cependant mon émotion finit par se calmer, et quelques instants de réflexion me firent voir que ma position n'était pas sans issue. Je savais qu'en marchant vers le nord je devais indubitablement rencontrer la Cure, qui, dans cette partie de son cours, coule de l'est à l'ouest, et, à défaut de boussole, le soleil me permettait de m'orienter. Tournant donc le dos à l'astre radieux, je perçai droit devant moi, et après une demi-heure d'une marche anxieuse, qui me laissait fort indifférent, je vous le jure, aux beautés de la forêt, le mugissement lointain du torrent commença à frapper mon oreille. Il me fallut marcher longtemps encore avant de l'atteindre, mais enfin, vers onze heures et demie, j'en touchais les

rives. La forêt s'arrêtait là pour faire place à une campagne découverte.
Le site d'ailleurs était des plus remarquables, et le calme rendu à mes
nerfs me permettait d'en bien jouir. Trois ou quatre ravins, séparés par
des croupes hautes de 200 à 300 mètres, viennent converger sur ce
point et verser dans la Cure le tribut d'autant de torrents. Toutes ces
eaux tumultueuses, brisées à chaque instant sur les roches qui tapissent
le lit de la moindre rivière morvandelle, formaient un concert infernal,
encore renforcé par l'écho des forêts dont toutes ces croupes sont couvertes. La Cure, grossie par ces divers affluents, s'étale alors en une
nappe large de quarante mètres, toute parsemée d'îlots plantés d'aunes,
au sein d'une vallée spacieuse, resserrée de nouveau, quelques kilomètres plus loin, en une étroite gorge que je devais retrouver, le soir
même, à Chastellux. Pendant près d'une heure je côtoyai la rivière,
escorté, tout ce temps, par la forêt de Mazignen, qu'on voit se profiler
sur les hauteurs de gauche. Dans ce trajet, fait côte à côte avec la
rivière, j'eus encore la chance de troubler dans ses ébats un merle
d'eau, qui paraissait avoir établi là son empire. Curieux oiseau, comme
il a le don de m'émouvoir ! Pourtant il n'est ni gros, ni brillamment
paré ; il n'a ni le volume ni les formes élégantes de la grive ; son plu-
mage, d'un brun sombre éclairé d'une tache blanche sous la gorge, n'a
pas l'éclat de celui du martin-pêcheur ou du chardonneret ; d'où vient
donc que sa vue me remue aussi vivement ? C'est sans doute qu'il per-
sonnifie pour moi les montagnes, les eaux vives et les forêts, c'est-à-dire
le milieu au sein duquel j'ai plaisir à voyager ; c'est qu'il est, à mes
yeux, l'emblème de la nature grande, déserte, sauvage, comme j'aime
à la trouver.

La rencontre de ce solitaire habitant des montagnes et des eaux et la
beauté du paysage dissipèrent assez vite mes regrets d'avoir manqué le
voyage de Dhun à Marigny à travers la forêt ; je crois même que ma
bonne étoile ne m'a fait égarer que pour me mettre à même de suivre
une route beaucoup plus agréable. A la vérité ma traite en fut allongée
de trois ou quatre kilomètres, cependant je n'en continuo pas moins à
bénir mon erreur.

En suivant les bords de la Cure, j'arrivai, vers midi et demi, à la route
de Lormes à Avallon, et à deux kilomètres sur ma gauche, Marigny-l'Eglise
m'apparaissait au sommet d'une haute montagne ; mais la rampe qui
aboutit au village est longue à gravir, si bien que, lorsque j'y arrivai,
je marchais sans m'arrêter depuis cinq heures. J'éprouvais le besoin
de me refaire et demandai à déjeuner près de l'église, dans une maison

où la branche traditionnelle de genévrier, accrochée au-dessus de la porte d'entrée, indiquait l'établissement d'un débitant de boissons. La famille allait se mettre à table, et sur celle-ci se trouvaient placés une jatte de soupe aux légumes et un morceau de veau fort appétissant. A ma demande et avec un empressement plein d'obligeance, ces braves gens, qui donnent à boire, mais non à manger, se hâtèrent de dresser une table dans une pièce voisine et y posèrent les mets qui garnissaient la leur, retardant ainsi à cause de moi leur déjeuner et veillant à mes besoins avec une sollicitude qui me toucha infiniment. Ils me donnaient une fois de plus la preuve que la politesse du campagnard et de l'ouvrier est aussi délicate que celle des personnes d'une éducation plus soignée : dans toutes les conditions sociales l'homme a le sentiment des attentions et des prévenances qui plaisent aux hommes, et il sait les observer. La politesse est une, sa forme seule diffère.

Je ne séjournai à Marigny que juste le temps voulu pour déjeuner et, avant deux heures, j'étais en route pour Chastellux. Cependant, au sortir du village, ayant rencontré une petite falaise de granite bien exposée, je m'y arrêtai pour me reposer et me réchauffer, comme un lézard, sous les rayons du soleil. L'air froid de ces hauteurs rendait plus appréciable cette bienfaisante chaleur, et je restai là une bonne demi-heure dans cet état de douce somnolence qui suit ordinairement un bon repas. Malgré la quiétude dont je jouissais au pied du rocher, il fallut pourtant bientôt le quitter et poursuivre ma route : dix bons kilomètres me séparaient de Chastellux, et je voulais y arriver avant la nuit. Je repartis donc un peu avant trois heures, et un quart d'heure après commençais à descendre un versant rapide bordant à l'est la pittoresque vallée de la Chalaux, un des principaux affluents de la Cure. En jetant les yeux sur le terrain je m'aperçus qu'à cet endroit le pays offrait une nouvelle espèce de roches. Le granite s'y trouvait remplacé par un gneiss d'un noir brillant, passant au micaschiste par la surabondance de son mica ; c'est cette roche que je n'ai cessé de rencontrer depuis Marigny jusqu'à Chastellux, où elle forme les escarpements élevés et souvent nus des bords de la vallée. Vous voyez, mon cher confrère, si j'ai eu raison de vous dire que la géologie du Morvan est belle et variée, et combien d'échantillons intéressants j'ai pu réunir depuis mon arrivée dans le pays : deux ou trois étages du terrain jurassique à Clamecy, Pontaubert et Arcy-sur-Cure, granite rouge à Avallon, granite gris à Saulieu, porphyres de tous grains et de toutes nuances à Montsauche, Château-Chinon et Lucenay-l'Evêque, formations carbonifère et per-

mienne à Autun et au Creusot, gneiss superbes à Couhars et à Chastellux, roche métamorphique auprès du Beuvray, etc. Quelle autre partie
de la France m'en eût offert autant, sauf les Pyrénées et la Savoie ?
Aussi ai-je fait une ample moisson de roches diverses que vous verrez
installées chez moi quand vous le voudrez. Mais je parierais bien que
vous ne viendrez pas : « Des pierres, tout cela ! » dites-vous comme
Dumartin ; pauvres gens, mépriser la géologie ! Comme je vous plains !

J'avais déjà franchi quatre montagnes entre Brassy et Marigny ; au-
delà de la Chalaux, j'en trouvai une cinquième devant moi, et celle-ci
n'était pas la moins élevée ; pourtant, au bout d'une heure, je me trouvais sur les hauteurs voisines, embrassant du regard un très vaste
paysage au milieu duquel se dessinent les villages de Saint-Germain-
des-Champs, Marigny, Chalaux, Saint-Martin-du-Puy, etc. De ce côté
le pays est peu boisé, les pentes des montagnes et les plateaux sont
affectés à la culture, et les prairies des fonds nourrissent des bestiaux.
La race en est médiocre, car ces prairies, reposant sur des roches
acides, n'ont pas la qualité des prairies calcaires de la plaine du Nivernais. C'est là, le long du chemin de fer de Vandenesse, Corbigny, Châ-
tillon-en-Bazois, qu'on voit ces beaux animaux nivernais améliorés par
la race charolaise, qui sont la gloire de l'élevage français. Vers les cinq
heures, la sixième des vallées rencontrées depuis le matin était fran-
chie, et j'avais atteint la crête sur le flanc de laquelle se dresse le château de Chastellux. Arrivé là, j'en apercevais les tourelles émergeant
d'une masse de feuillage, et ma première impression fut qu'on avait eu
une singulière idée de placer un château fort du moyen âge dans une
vallée. C'était de ma part une illusion tenant à ce que le ravin de la Cure
se dissimulait alors derrière un rideau d'arbres. Lorsque, au bout d'une
demi-heure, j'eus atteint les bords du torrent, je vis, au contraire, avec
surprise, le château se dresser à une grande hauteur au-dessus de la
Cure et dans la position la plus aérienne. Je pus alors admirer à mon
aise l'air fier et majestueux de ce castel, noble demeure d'une noble
famille, et sa position aussi forte que bien choisie pour le temps. Ce qui
me restait de jour me permit d'en faire le tour et de l'examiner de
près. C'est fort beau, et cela rappelle, aux dimensions près, le château
de Pierrefonds. A Chastellux, comme à Pierrefonds, des tours à machi-
coulis sont reliées par des bâtiments d'un aspect très noble, le tout
aboutissant à une tour plus ancienne que le reste du monument et
nommée le *donjon*. Ces constructions forment un demi-cercle fermé
vers le nord et l'est, c'est-à-dire du côté des montagnes, ouvert au

contraire vers la vallée, qu'elles dominent presque à pic d'une hauteur
de 150 mètres. Un fossé et des jardins entourent le château du côté de
l'escarpement, une belle pièce d'eau ombragée de grands arbres se voit
aussi de ce côté ; une pelouse et des plantations séculaires descendent
du côté opposé jusqu'au bord de la falaise inégale au pied de laquelle
la Cure roule ses eaux bruyantes. Comme effet pittoresque et grandiose,
à la fois, c'est un site accompli, et les possesseurs de Chastellux ont su,
avec un goût parfait, tirer parti des accidents de terrain que la nature
a réunis à souhait dans cet endroit ; aussi le site de Chastellux a-t-il
une réputation méritée de beauté et le signale-t-on aux touristes comme
un des plus remarquables du Morvan. Quand je songe que, sans ce
brave commis voyageur de Brassy, j'allais omettre ce site incomparable, je ne puis trop me reprocher ma négligence. Vraiment, le commis
voyageur a du bon, et je fais le serment de n'en plus dire de mal à
l'avenir ; libre à vous de vous en moquer, si vous trouvez la chose
plaisante.

Vous pensez bien, mon cher confrère, qu'après une journée aussi
remplie, je n'étais guère en état de faire une longue veillée, et, dès sept
heures du soir, après avoir soupé légèrement, j'allais occuper le lit
très bon que m'avait préparé Mme Augueux, aubergiste du village, à
l'enseigne du *Maréchal de Chastellux*.

Coup d'œil général sur le Morvan ; Lormes ; Richâteau ; adieu au Morvan.

Nevers, 18 octobre.

M'étant couché tôt hier soir, je me réveille de bonne heure ce matin,
mon cher confrère, et, en attendant le passage de la voiture de Lormes,
je profite de mes loisirs pour vous esquisser à grands traits une petite
description générale du Morvan, qui sera comme le résumé de mes
observations des jours précédents, grossies des indications recueillies
çà et là sur ma route.

Le Morvan est une contrée montagneuse du centre de la France,
placée à cheval sur les quatre départements de l'Yonne, de la Nièvre,
de Saône-et-Loire et de la Côte-d'Or. Son nom lui vient, dit-on, de
deux mots celtiques : *mor*, noires, et *vand*, montagnes, à cause de la
couleur sombre de ses montagnes couvertes de forêts ; cependant je ne
garantis pas l'exactitude de cette étymologie. D'un côté le Morvan se
rattache aux Cévennes par les montagnes du Charolais et du Lyonnais,

de l'autre il se relie aux Vosges par le plateau de Langres et la Bourgogne ; il forme donc une portion de cette longue arête montagneuse
qui traverse obliquement la France depuis nos départements de l'Est
jusqu'aux Pyrénées. Sa forme est celle d'un triangle à bords convexes,
dont Avallon représente le sommet, dont la plaine alluviale et carbonifère d'Autun serait la base. Sa longueur est d'environ 90 kilomètres du
nord au sud, et sa plus grande largeur mesure 60 kilomètres. C'est une
région naturelle beaucoup plus qu'une division politique. En effet, ce
qui constitue le Morvan, ce qui en établit les limites très nettes, très
définies, ce qui lui donne sa physionomie si particulière et si tranchée,
c'est, avant tout, la nature de son sol, c'est sa constitution géologique.
Le granite occupe le sommet du triangle entre Avallon, Lormes et Saulieu ; au sud d'une ligne reliant ces deux villes, commencent des épanchements de porphyre, qui se prolongent jusqu'à la plaine de l'Arroux ;
enfin, une bande assez étroite de gneiss forme la bordure occidentale
du massif depuis Avallon jusqu'aux environs de Lormes. Ces roches diverses, étendues sur une surface de 150 lieues carrées, composent un
haut plateau hérissé de nombreux sommets et dominant de plusieurs
centaines de mètres les plaines calcaires du Nivernais et de la Bourgogne ; très surélevé également vers le sud, au-dessus de la vallée de
l'Arroux, qui, de ce côté, sépare le Morvan du reste du plateau central.
Il n'est pas douteux pour le géologue que cette vallée n'ait été creusée
plus tard par un affaissement du sol ou par des érosions, et que, dans
le principe, l'îlot du Morvan, rattaché directement à l'île granitique du
centre de la France, n'en formât un cap avancé, à peu près comme le
cap Corse par rapport au reste de cette île.

Ainsi constitué et circonscrit, le massif du Morvan domine de tous
côtés le pays qui l'entoure, mais principalement vers l'ouest et le sud.
Sur ces deux faces, son profil élevé se détache avec netteté sur le ciel,
et de loin signale au voyageur une contrée différente de celles qu'il a
traversées pour arriver jusqu'à lui. A distance on y voit, on y sent la
montagne, mais c'est surtout quand on y a pénétré que ce caractère
montagneux s'accuse davantage. Toute cette surface de 150 lieues carrées se montre bosselée de dômes, de pics, de mamelons ou de vous-
sures longitudinales, dont la hauteur habituelle oscille entre 500 et 600
mètres, mais dépasse, sur quelques points, la cote 800 et 900 mètres.
Ce sont surtout les masses porphyriques du sud qui atteignent cette
altitude, et cela se comprend, cette roche, apparue la dernière, ayant
soulevé les granites en même temps qu'elle en accroissait l'épaisseur

en s'épanchant au-dessus d'eux; ce sont, en effet, les dômes du Préneley, du Beuvray, du Pic-des-Bois, tous de nature porphyrique, qui forment les sommets dominants du massif.

La nature montagneuse de la contrée, la vaste étendue de ses forêts
et la fraîcheur de l'air, attirent et condensent les nuages et les résol-
vent facilement en pluies; aussi le Morvan reçoit-il une somme annuelle d'eau atmosphérique bien supérieure à celle des plaines environ-
nantes. Les innombrables dépressions du sol recueillent toutes ces eaux
et les répartissent d'une manière à peu près égale entre les deux bassins de la Seine et de la Loire. Il est remarquable, en effet, que, bien
qu'allongé du nord au sud, le Morvan fournit à peine un léger affluent
au bassin de la Saône et du Rhône. La ligne de partage de ses eaux
court au contraire de l'est à l'ouest, dans une direction perpendiculaire
à celle de la chaîne. L'Yonne draine la moitié nord de la contrée par le
Serein, la Cure et le Cousin; la Loire en assèche la moitié sud par
l'Aron, l'Arroux, la Suze, le Ternin, la Canche, la Selle et le Guignon.
Ces différents cours d'eau s'enchevêtrent à leur origine de la façon la
plus singulière et de telle sorte que les rivières nord naissent beaucoup
au sud des rivières sud et réciproquement; d'où il suit qu'un voyageur
qui voudrait traverser le pays, en se tenant constamment entre les deux
systèmes hydrographiques, aurait à effectuer, sur l'arête de partage des
eaux, un voyage en zigzag des plus bizarres et passablement étendu.

Bien que d'origine éruptive et très dures, les roches composant
la masse des montagnes morvandelles ne se montrent qu'exception-
nellement à nu. Les dykes, les aiguilles, les blocs amoncelés, y
sont rares et ne paraissent en aucun point aussi nombreux qu'auprès d'Avallon; c'est à leur présence que les environs de cette ville
sont redevables de leur caractère si éminemment pittoresque. Presque
partout les agents atmosphériques ont désagrégé les masses cristallines,
et leurs éléments dissociés ont recouvert le roc vif d'une couche meuble
dont la végétation s'est emparée. De loin en loin, on voit encore quelques filons plus résistants se dresser sur le sol des forêts; mais le volume n'en est jamais bien considérable. La Roche-du-Chien est aujour-
d'hui le vestige le plus remarquable de ces amoncellements rocheux,
qui étaient certainement plus nombreux aux âges antérieurs.

De vastes forêts couvrent la plupart de ces dômes et descendent souvent jusqu'au fond des gorges et des ravins, dans lesquels coulent avec
fracas les rivières et les torrents du pays. Sur beaucoup de points, cependant, de vraies vallées s'interposent aux montagnes et, comblées en

partie par les terres entraînées des pentes voisines, portent des prairies humides et souvent tourbeuses. On rencontre aussi, dans le Morvan, de nombreux étangs, les uns formés de main d'homme, les autres rassemblés dans des cuvettes naturelles du sol. Etangs, prairies, forêts, couvrent près de la moitié du pays ; des cultures et de maigres cultures de seigle, d'avoine, de sarrasin et de pommes de terre en occupent le reste. Encore, ces champs sont-ils tellement coupés de haies vives, de clôtures plantées d'arbres, qu'ils se dissimulent à l'œil du voyageur. De loin en loin, pourtant, on rencontre des îlots d'alluvion d'une grande fertilité, les *ouches*, qui produisent, sans se reposer jamais, froment, navets, choux-raves, et donnent lieu à une production agricole peu commune ; malheureusement ces terres privilégiées sont rares.

Comme vous pouvez vous le figurer, d'après la topographie que je vous en ai tracée, l'aspect du Morvan n'est ni riant ni gai ; loin de là, c'est une contrée d'une physionomie sévère et mélancolique, mais en même temps d'un grand caractère et d'habitudes féodales. Ses hautes coupoles de granite, revêtues de leur forêts, appelaient, au moyen âge, le créneau et la tourelle, le manoir aux solides murailles, dont on voit çà et là les ruines. Le castel moderne remplace aujourd'hui l'ancien donjon, et nombre de familles de haute noblesse, les Chastellux, les d'Espeuilles, les d'Aboville, les de Vibraye, les de Chabannes, les Montboissier-Canillac, etc., y possèdent leur résidence d'été.

On présume sans peine que, dans ces montagnes, le sol pauvre, en partie couvert de bois, ne peut nourrir un grand nombre d'habitants. La population, en effet, y est beaucoup moins dense que dans le reste de la France, la Lozère exceptée, et se trouve répartie dans des hameaux ou de simples villages. Pas une seule ville de 1200 âmes ne se rencontre à l'intérieur du pays, et les quatre cités de peu d'importance qu'on y voit : Avallon, Saulieu, Lormes et Château-Chinon, sont disposées en cercle à sa périphérie, dans le voisinage immédiat du calcaire, bien plus favorable que le granite au développement de la vie humaine. Ces quatre villes, les deux premières surtout, qui sont riches, sont bien bâties et assez élégantes. Il n'en est pas de même des habitations rurales, qui sont encore très primitives ; sauf quelques maisons neuves, mieux conformes aux règles de l'hygiène, ce qui domine, dans la campagne, c'est la chaumière lourde, basse, mal éclairée, ayant sa sole en contre-bas du terrain, comme pour en recevoir les égouttements, et presque toujours une de ses faces adossée à un terre-plein. Il y a là

une cause d'insalubrité qui se traduit par les fièvres palustres, dont aujourd'hui encore souffre, en automne, une partie de la population. Les
bâtiments de ferme ne sont pas mieux aménagés que la demeure du
paysan, et les animaux, la plupart du temps, sont aussi mal abrités que
leurs maîtres.

Malgré sa sauvagerie, malgré l'absence de commerce et d'industrie,
le Morvan est une des parties de la France dont la vicinalité soit le plus
avancée. Des routes nombreuses, admirablement entretenues, bien pour-
vues d'indications de distances et de directions, renseignent le voyageur et lui permettent d'aller partout sans difficultés. Cet état parfait
des voies de communication, il faut le dire, est dû en grande partie à
l'initiative et à l'activité de Dupin aîné, député de la Nièvre, dont les in-
tentions ont été secondées par de zélés ingénieurs du département.

J'ai déjà eu l'occasion de vous le dire, la population du Morvan, malgré sa pauvreté, est robuste et intelligente. Les hommes, de taille
moyenne, sont forts et bien faits. Chez eux, le visage, généralement
étroit, au nez aquilin, au menton proéminent, respire l'énergie, idée
que ne dément pas leur caractère. Les Morvandiaux sont bons soldats;
notre pays doit au Morvan de vaillants capitaines : Vauban, du Montal,
les Chastellux, etc., sous l'ancienne monarchie, et de nos jours l'armée
française y a puisé plusieurs de ses illustrations. Les hommes de ce pays,
accoutumés, dès l'enfance, à une existence dure et difficile, sont labo-
rieux et résistants; mais on les dit superstitieux, ivrognes et violents.
Le fait est qu'ils n'ont pas une bonne réputation dans mon département, où on les voyait autrefois amener du bois dans leurs grands chars
à bœufs : « Morvandiaux ! oh, les mauvais gars ! » disait-on en les voyant
passer.

Les femmes sont parfois jolies dans leur jeunesse et belles plus tard.
On admire en elles de grands yeux noirs, pleins de douceur ou de force,
dont il me serait facile de citer, à Paris, plusieurs types remarquables,
particulièrement connus des accoucheurs. Les Morvandelles sont fécon-
des et le plus souvent admirables nourrices; l'habitude séculaire d'al-
laiter leurs enfants a développé à un haut degré, chez elles, les facultés
laitières, et c'est sans contredit du Morvan que nous viennent les meilleures nourrices. Le pays offrant peu de ressources pour les femmes,
un grand nombre d'entre elles tirent parti de leur lait en venant exercer, dans les familles riches de Paris, le métier de nourrices sur lieu.
Ces anciennes nourrices parisiennes, rentrées chez elles au bout de
dix-huit mois ou deux ans, se reconnaissent à certains traits qui n'é-

chappent pas à un œil observateur : l'absence du bonnet, un meilleur maintien, quelques particularités du costume, plus de correction dans le langage, enfin un certain vernis d'éducation qui manque à la villageoise restée constamment dans son hameau. Comme on le pense bien, ces absences prolongées de l'épouse et de la mère ne sont pas sans amener certaines conséquences morales déplorables, que M. le docteur Monot (de Montsauche) a signalées dans un travail resté justement célèbre, et qui se comprennent, de reste. Ces inconvénients ne sont pas toujours compensés par un accroissement d'aisance matérielle pour la famille ; trop souvent le mari, resté seul au pays, mène joyeuse vie aux dépens de sa femme et dissipe le gage à mesure qu'il est gagné. Je parlais de ce sujet hier soir avec une femme de Chastellux, faisant un certain étalage de l'argent que les nourrices devaient rapporter chez elles : « On gagne, c'est vrai, me répondit-elle avec animation ; mais bien souvent, en rentrant à la maison, on y trouve plus de trous qu'on n'apporte de chevilles pour les boucher ; » au même instant, je la voyais se détourner pour essuyer une larme furtive, m'indiquant que la malheureuse m'avait conté sa propre histoire. Malgré ces dangers, connus et sentis par les intéressées, les Morvandelles continuent et continueront longtemps encore à se mettre nourrices à Paris, car un préjugé enraciné considère comme un acte de lâcheté le fait, pour une femme, de rester fidèle à son foyer et l'oblige, en quelque sorte, à faire au loin au moins une campagne de nourrissage.

Si les femmes du Morvan s'absentent, les hommes, de leur côté, sont tenus d'émigrer pour chercher du travail. Ils en trouvent dans les établissements métallurgiques et dans les mines de la Nièvre et de Saône-et-Loire et restent alors à proximité de leur pays ; cependant beaucoup d'entre eux s'éloignent davantage et se placent dans la Bourgogne, en Brie et en Beauce, comme manœuvres, charretiers et laboureurs.

Hommes et femmes du Morvan ont un parler doux, euphonique et chantant. On est quelque peu surpris d'entendre des intonations musicales sortir de bouches viriles qui semblent faites pour des accents plus rudes. L'oreille en est agréablement impressionnée, l'exemple est contagieux, et après quelques jours passés dans le pays, on se surprend soi-même à chanter en parlant.

L'industrie manufacturière est nulle dans le Morvan et celle des mines n'est pas beaucoup plus développée. La houille y fait complètement défaut ; des schistes bitumineux du côté d'Anost, quelques gisements de fer, d'antimoine, de plomb argentifère, mais si faibles que l'exploitation en est abandonnée, sont tout ce que renferment les entrailles du sol ; aussi, en dehors du travail des forêts, existe-t-il peu d'occasion de gain pour le Morvandiau, et encore ce travail ne l'occupe-t-il qu'une partie de l'année. L'agriculture proprement dite y est restreinte, peu productive, et l'élevage du bétail précaire, comme c'est habituellement le cas sur le granite ; cependant il forme encore un des meilleurs revenus du pays. Les moutons y sont assez nombreux, de bonne qualité, mais jamais réunis en grands troupeaux. Les bœufs donnent lieu à une production plus importante. Leur robe est généralement rouge ou rousse, leur taille médiocre ; ce sont des bêtes sobres, vivant maigrement de l'herbe peu savoureuse des forêts et des champs de genêts ; néanmoins, ils sont robustes et bons travailleurs. On les traite doucement et, sans les frapper, on les conduit à la voix, au moyen d'un luxe de phrases ayant toutes leur signification, que l'animal finit par très bien comprendre.

Le Morvan possède aussi une race de chevaux sobres, légers, propres au service de la guerre, dont Vauban, il y a deux siècles, avait déjà signalé les qualités. Malheureusement cette race, précieuse dans sa pureté, a été presque détruite par le mélange du pur sang, qui lui a enlevé ses qualités, tout en la déformant. On s'efforce aujourd'hui de la reconstituer à l'aide de primes d'encouragement, mais la réparation du mal commis exigera du temps.

L'animal domestique dont l'élevage soit le plus général et le plus avantageux, c'est le porc. Suivant l'expression de Dupin, c'est le favori du Morvan et le familier de la maison. Chaque ménage en possède au moins deux, un pour la vente, l'autre pour l'usage ; celui-ci fournira la maison de viande et de lard pendant une année, l'autre rapporte un peu d'argent. Aussi faut-il voir de quels soins, de quelle tendresse on entoure l'immonde animal, qui a la gloire d'avoir donné son nom à deux localités du Morvan, Préporché et Villapourçon.

Les plaisirs du sport sont fort limités dans le Morvan. La petite chasse est à peu près perdue, l'abus du collet ayant presque entièrement détruit le lièvre ; d'un autre côté, il faut du grain pour avoir du perdreau et le pays en produit peu. Les amateurs de chasse ne trouvent donc à satisfaire leurs goûts qu'avec la grosse bête : renard, chevreuil et sanglier, et grâce aux forêts, ces trois espèces sont encore bien représentées.

Le sort des pêcheurs semble de prime abord plus satisfaisant, les étangs et les innombrables cours d'eau du pays pouvant nourrir du poisson en abondance, mais c'est là une impression trompeuse. L'avidité bête du braconnage a fait la solitude dans ces eaux comme elle a anéanti sur terre le petit gibier. Sans même se donner la peine de prendre la truite au filet, pour l'avoir, on *brûle* la rivière, suivant une expression consacrée, c'est-à-dire qu'avec un lait de chaux on empoisonne les eaux sur une longueur de 300 mètres, de manière à faire périr tout ce qu'elles renferment, petit et gros, et à n'avoir plus qu'à ramasser à la main le poisson mort. N'est-ce pas là le procédé sauvage de l'Indien d'Amérique, qui coupe l'arbre pour avoir le fruit; celui de l'Africain détruisant par le poison un troupeau de cinquante éléphants, pour s'emparer de deux paires d'ivoire, objet de sa convoitise? Ah! c'est beau, l'intelligence! Et le jour où Linné, pris d'une humeur folâtre, s'est avisé d'appeler notre espèce *homo sapiens,* il a seulement prouvé que l'esprit gaulois n'est pas l'apanage exclusif de notre nation.

En résumé, par la nature de son sol, par son altitude, par son climat, le Morvan est un pays pauvre, qui restera sans doute tel malgré les progrès que l'avenir lui réserve, et l'on peut se demander si la civilisation moderne lui rendra jamais la splendeur dont il a joui sous les Romains, splendeur qu'attestent la beauté de ses anciennes voies, l'importance de ses stations, la richesse somptueuse de ses antiques demeures.

A sept heures et demie le courrier d'Avallon s'arrêtait devant mon auberge et quelques minutes après m'emmenait à Lormes. Comme hier, le temps était beau, mais très froid, et malgré la précaution d'accumuler sur moi toutes mes flanelles, j'eus à souffrir dans ce trajet. Le paysage présente peu d'intérêt entre Chastellux et Lormes; la route court tout le temps sur un plateau couvert de champs, de haies, de petits bois et dépourvu d'accidents pittoresques. J'aurais voulu la voir traverser un pays plus mouvementé, avec de la vue et de beaux sites, mais il n'est pas toujours possible de l'avoir telle. A tout prendre, une route n'est pas faite pour l'agrément des touristes, mais bien pour la commodité des communications et des transports; toutes les fois que des ingénieurs peuvent l'établir au fond d'une vallée ou sur un plateau, soyez sûr qu'ils ne la mettront pas à cheval sur collines et vallons ; ils ne la font pittoresque qu'à leur corps défendant, et, en bonne justice, on ne peut leur en vouloir d'agir ainsi.

A dix heures du matin, mon cher ami, je mettais pied à terre à Lormes, et mon premier soin fut de gravir la colline qui surmonte la ville, un peu pour y voir l'église et beaucoup pour admirer une vue magnifique qu'on a de ce point sur la plaine du Nivernais. Lormes, comme Avallon, Saulieu et Château-Chinon, occupe le sommet d'une haute falaise et domine, de près de 300 mètres, l'ancien fond de mer qui, à l'ouest, au nord et à l'est, entoure l'îlot granitique du Morvan. Cette plaine calcaire est fort étendue dans la direction de Nevers, et depuis Tamnay jusqu'à Decize fait apparaître aux yeux charmés du voyageur une admirable mosaïque de villes, de villages, de forêts, de prairies, de vignobles et de cultures. C'est le plus beau et le plus riant point de vue dont on jouisse des bords du Morvan, si riches pourtant en paysages de cette espèce; c'est un des plus attachants par sa vaste étendue et par la variété des objets qu'il met sous les yeux, et je restai sous le charme de cette contemplation jusqu'au moment où la vivacité de l'air et la souffrance du froid m'eurent rappelé au soin de ma santé. Je me remis alors en marche et un quart d'heure après je me trouvais en face de la cascade de Lormes, située à 150 mètres au-dessous de l'église au fond d'une gorge creusée dans les flancs de la falaise par un petit affluent de l'Yonne descendu des hauteurs voisines. La pente de ce ravin est extrêmement rapide et son ruisseau ne forme pour ainsi dire qu'une cataracte continue depuis les hauteurs de Lormes jusqu'à la plaine calcaire sous-jacente. En un point pourtant le torrent rencontre la paroi verticale d'un rocher haut de sept à huit mètres et s'y précipite en un seul jet d'un effet très agréable, bien que la chute ressemble un peu trop peut-être à la vanne d'un moulin. C'est d'une facture un peu vulgaire, mais la nature n'est pas tenue de ne faire que des cascades d'un goût exquis comme celles de Brise-Cou et du Queureilh. Et puis, mon cher ami, tout en elle se modifie incessamment avec le temps; si la petite cataracte de Lormes a peu de caractère aujourd'hui, rien ne nous dit que, dans quelques siècles, une disposition différente des lieux n'aura pas amené une autre distribution des eaux, rendant cette cascade très supérieure aux deux autres, ramenées elles-mêmes, par un travail inverse, à une simplicité qui leur ôtera toute valeur artistique. Rien de stable ici-bas, tout change, tout se transforme sans cesse à la surface du globe, et ce que je dis là est vrai surtout des cours d'eau, en perpétuel travail d'érosion sur le sol qui les supporte : la Marne rejoint aujourd'hui la Seine à Charenton; nous connaissons pourtant l'époque où son confluent avait lieu sur l'emplacement de Saint-Denis.

Quelque méritantes que soient aux yeux d'un touriste les deux belles choses que je venais de voir, ce n'était pas elles cependant qui m'avaient attiré à Lormes; en m'y rendant j'avais pour but de faire une vi-

site à la directrice d'un important bureau de nourrices de Paris, Mme L...,
qui possède aux portes de la ville une des plus charmantes propriétés du
pays. J'étais allé voir, à Saint-Léger-Vauban, la propriétaire d'une autre
maison de placement et je voulais tenir la balance égale entre ces
dames ; Mme L... aurait pu apprendre ma visite à sa rivale et, justement
blessée de ma négligence à son égard, m'aurait à l'avenir refusé les
nourrices dont j'ai besoin. Vous jugez de mon embarras et si j'aurais
expié cruellement ma faute ! En vingt minutes j'avais atteint Richâteau,
résidence d'été de Mme L... Je la trouvai installée dans un ravissant
cottage, réunissant toutes les commodités et les agréments d'une habitation de campagne : une belle maison, des dépendances commodes,
des ombrages, des eaux vives, des étangs, des prairies, et une vue
incomparable sur la partie nord de la plaine nivernaise : dix lieues de
pays du nord au sud, sept ou huit de l'est à l'ouest vous montrent
quatre villes, une multitude de villages et de belles campagnes. Ajoutez
à ces avantages naturels toutes les commodités de la vie que donne
l'aisance, d'élégantes voitures, une paire de beaux carrossiers pour
voisiner, une basse-cour amplement garnie de volailles de choix, un
chenil bien monté pour les plaisirs du maître, etc. ; c'est une installation complète, idéale ! Eh bien, vous croyez peut-être que Mme L... se
plaît dans ce charmant séjour, qu'elle y vit heureuse ? Quelle erreur
est la vôtre, mon cher ami ! Elle s'y ennuie à périr ; *elle en mourra,*
assure-t-elle, et, n'était la crainte de nuire à ses enfants, à qui elle a
cédé sa maison, elle ouvrirait de suite un autre bureau à Paris. Après
tout, je la comprends, elle est logique : jouir d'une existence paisible
après les préoccupations et les soucis d'une lourde administration, ne
plus être troublée dans ses repas par l'arrivée de familles ou d'accoucheurs en quête de nourrices, se trouver maîtresse absolue de son
temps, de ses actions, il est certain qu'une telle vie est insupportable
et qu'il faut une forte dose d'abnégation pour s'y soumettre ; tant il est
vrai que le travail et la satisfaction des habitudes sont un des grands
besoins de l'homme et une des sources les plus assurées de son bonheur !
Et ne croyez pas, mon cher ami, que vous échappiez plus qu'un autre
à cette loi ; vous faites depuis vingt ans des accouchements, et si Dieu
vous prête vie, dans vingt ans vous en ferez encore, c'est moi qui vous
le dis. On n'abdique pas dans la médecine, on va jusqu'au bout et l'on
meurt à la peine, parfois même sur un brancard ; de mauvais plaisants
vont jusqu'à dire « dans les brancards », mais je nie que cette incon-
venante locution puisse s'appliquer à des médecins.

Malgré son ennui, je trouvai Mme L... bien portante, toujours belle et conservant tout l'éclat de ces beaux yeux noirs que nous admirons si fort en elle. Après avoir embrassé tant de nourrices sur mon chemin ces jours-ci, je ne pouvais raisonnablement omettre d'en faire autant pour leur générale, et ce fut de bon cœur que j'accomplis ce devoir. Mme L... ne s'attendait guère à me voir à Richâteau et m'exprima plusieurs fois l'étonnement que lui causait ma visite. J'en pris occasion de la taquiner un peu et de me venger des erreurs trop nombreuses que j'ai commises chez elle dans le choix de mes nourrices : « Eh bien, oui, madame L..., c'est bien moi, lui dis-je, ce ne sont pas vos mignons, M. D., M. Bl., M. T., M. N., etc., pour qui vous réservez vos sujets de choix, qui vous feront l'amitié de venir vous voir ici ; c'est M. B..., à qui vous ne donnez que le fretin de votre maison. — Oh! cela, par exemple, répondit-elle, c'est un reproche injuste ; j'ai toujours bien servi M. B...; d'ailleurs, M. B... est un des premiers accoucheurs de Paris. » Volontiers elle eût dit « le premier », pour m'apaiser ; pourtant la force de la vérité l'empêcha d'aller jusque-là.

Je reçus de mes hôtes un accueil plein d'obligeance et de cordialité, mais mon entrée chez eux avait présenté quelque difficulté et donné lieu à un quiproquo assez plaisant que je veux vous raconter. Sans même daigner me faire entrer dans sa cuisine, la servante monta prévenir sa maîtresse de mon arrivée : « Madame, lui dit-elle, il y a en bas un homme qui demande à vous parler ; je ne sais pas trop ce que c'est, ça a l'air d'un ramoneur ou d'un chaudronnier ; après ça, c'est peut-être un maçon, il a un marteau accroché à son gilet (ramoneur, chaudronnier ou maçon, avec un beau costume en drap anglais, de 180 francs, quelle avanie, mon cher confrère!). — Bah, répond Mme L..., c'est encore cet imbécile de Caporal, qui vient pleurnicher pour avoir de l'ouvrage (Caporal est un maçon du voisinage, dont la famille a refusé dernièrement les services) ; ma foi, je ne me soucie pas de le recevoir ; dites à mon mari d'aller lui parler. » Sur ces entrefaites vint à passer M. L..., qui me reconnut et, après m'avoir serré la main, me fit entrer dans un joli salon, en attendant que sa femme pût me recevoir ; c'est de la bouche de celle-ci que j'appris ce qui venait de se passer, et je vous laisse à penser si nous en rîmes de bon cœur.

M. et Mme L... me firent l'amitié de me retenir à déjeuner et après une visite complète faite à la maison, au jardin, au parc, aux étangs, après avoir admiré des étages supérieurs du logis le paysage magnifique qui s'étend à vos pieds, on se mit gaiement à table. Puis deux

heures vinrent à sonner, et il me fallut quitter mes aimables amphi-
tryons, car le chemin de fer qui devait me ramener ce soir à Nevers n'attend pas. A deux heures donc une bonne voiture et un des carrossiers
de M. L... m'emportait vers Corbigny, et une demi-heure après avoir
quitté Richâteau, j'avais dépassé les granites et prenais définitivement
congé du Morvan, lui adressant en guise d'adieux et méchamment tra-
vestis, ces vers de Gilbert, qui me revenaient alors en mémoire :

> Salut, monts que j'admire, et vous, sombre verdure,
> Et vous, austère exil des bois !
> Rochers, torrents, ravins, grande et âpre nature,
> Salut pour la dernière fois !

.... de cette année, car j'espère bien retrouver tout cela l'an prochain.
Où sera-ce? je ne suis pas encore fixé à cet égard ; mais je le saurai au
mois d'août et vous en serez informé le premier, mon cher confrère.

Paris. — Typographie A. Hennuyer, rue Darcet, 7.

13

www.ingramcontent.com/pod-product-compliance
Lightning Source LLC
Chambersburg PA
CBHW070746280626
47162CB00017B/2395